인생과 운전

인생을 운전하는 우리를 위하여

인생과 운전

인생을 운전하는
우리를 위하여

초판 1쇄 발행 ㅣ 2023년 7월 3일

지은이 ㅣ 정민규(루카스 제이 Lucas C. Jay)
발행인 ㅣ 정민규

편　집 ㅣ 정민규
디자인 ㅣ 김동광

발행처 ㅣ 또또규리
출판등록 ㅣ 2020년 7월 1일 (제409-2020-000031호)
이메일 ㅣ aiminlove@naver.com

ISBN 979-11-92589-62-6 (03810)
ⓒ 정민규, 2023

- 저작권법에 의해 한국 내에서 보호를 받는 저작물이므로
  무단 전재와 무단 복제를 금합니다.
- 이 책의 전부 또는 일부를 이용하려면 반드시 저작권자와 또또규리 출판사의
  서면 동의를 받아야 합니다.
- 표지, 본문 이미지 출처: 셔터스톡, 픽사베이

인생과 운전

인생을 운전하는 우리를 위하여 / 정민규(루카스 제이) 지음

또또규리

사랑으로

인도해 주시는

하나님께

늘 감사드립니다.

사랑하는 혜자매님들

(인혜, 혜민, 혜리)

항상 고마워요.

차 례

인생과
운전

·
·
·
·
·
·

자동차를 제2의 집이라고 하지요. 현대인에게는 그만큼 중
요합니다. 자동차 안에서의 삶도 똑같이 삶입니다. 그런데
우리는 자동차 안에서의 인생을 소홀하게 생각하는 경우가
많습니다.

20여 년 운전을 하면서 생각하게 되었습니다.

'인생과 운전은 비슷한 면이 참 많구나.'

운전을 하면서 인생과 비슷하다고 여겨지는 측면들을 하나
씩 써 나갔습니다. 운전도 잘하고 싶고, 인생도 잘 살고 싶
어서요.

저의 '인생과 운전' 고민에서 출발한 작은 이 책을 통해서 크게는 우리나라의 운전 문화가 나아지기를 바랍니다. 우리는 충분히 그렇게 할 수 있습니다.

운전을 잘하는 사람이 인생을 잘 삽니다.

운전과 소통

마음 중심이 잡혀 있는 사람은
일관성이 있지요.

만약 그렇지가 않다면,
차로를 이리저리 바꿔 가며
운전하는 사람과 같습니다.

차로를 자꾸 바꾸면
본인도 피곤하지만
주변 사람들은 더 피곤합니다.

그런데 그렇게 일관되지 않은 자기 모습을
스스로 즐기기까지 한다면

그것은 무게중심 자체를 잃고
심하게 방황하는 격입니다.

그 방황이
소통을 가로막으며
주위에 피해를 끼칩니다.

이처럼 일관성이 결여된 사람은
특히나 자신이 갈 바 자체를 모르니
어디로 갈지를 주위에 거의 알리지 않거나,
제대로 알리지 않습니다.

차로를 바꾸면서도
방향지시등을 켜지 않거나,
설령 켠다 해도
이미 차선을 넘어가면서 켭니다.

이렇게 소통할 줄 모르는 사람이
조급하기까지 하면

다급하게 차로를 바꿔 가며
일대 혼란을 일으킵니다.

초보 운전자일 때 직장 상사가 "깜빡이(방향지시등)를 켜고
나서도 일단 차 한 대를 보내고 나서 그다음 차 앞에서 여
유 거리를 두고 갑자기 들어가지 말고 사선으로 끼어 들어
가야 한다."고 가르쳐 주었습니다.

이것이 나의 갈 바를 알리고 그의 갈 길을 배려하는 삶의
자세겠지요.

결국,

중심이 잡혀 있는 사람이야말로

일관되고

조급하지 않으며

친절히 배려하겠지요.

소통이 되는 이유입니다.

평안의 핸들

삶을 살아갈 때 우리에게 가장 필요한 것은 무엇인가요?

평안(平安)입니다.

평안한 자는 마음 중심이 바로 서 있기 때문에 갈팡질팡하지도 조급해하지도 않습니다. 자유롭고 여유롭습니다.

일전에 택시를 탔는데 갑자기 차 한 대가 불쑥 앞에 끼어들었습니다. 그러더니 그 차는 금방 다른 차로로 바꿨다가 또다시 택시가 있는 차로로 불쑥 들어왔습니다. 저도 가끔 이런 차량을 만나는데 굉장히 당황스럽고 순간 욱하게 되지요. 한데 택시 기사 분은 동요되지 않고 평온하게 운전을 하고 계신 거예요. 그 차분함이 의아했던 저는 "저 차

왜 저러죠?"하고 기사님에게 말을 걸면서 "근데 기사님은 화 안 나세요?" 물었더니 기사님은 "화내면 뭐 하나요? 무슨 급한 일이 있거나 길을 잘 몰라서 그러겠죠." 하십니다.

얼굴 하나 붉히지 않고 오히려 만면에 여유가 넘치는 그 기사님에게 한 수 배워야겠다는 생각이 들었습니다.

평안은 숨겨지지가 않습니다. 숨겨지기는커녕 평안은 여유와 배려의 모양으로 드러납니다.

평안한 자는 주차장에서 급하게 다니지 않고, 앞에서 주차하는 차가 주차선 안에 거의 들어갈 때까지 잠시 멈춰 기다려 줍니다.

평안한 자는 앞에 사고가 난 것 같거나, 급히 브레이크를 밟아야 하거나, 구급차 사이렌 소리가 멀리서 들리면 비상 깜빡이를 켜며 다른 사람들이 주의하도록 리드합니다.

누가 도로에서 돌발 운전을 하거나, 괜히 욕설을 퍼붓거나 손가락질을 하거나, 못 끼게 하려고 저 멀리서부터 전속력으로 달려와도 마음의 여유를 잃지 않습니다. 오히려 긍휼과 이해가 나옵니다.

그렇다면 평안에 대한 반응, 평안이 주는 영향은 어떤가요? 제가 택시 기사님을 보고 다소 놀랐듯이 처음에는 '저 사람은 왜 저렇게 여유가 있지?' 하며 의아해하거나 궁금해하다가 닮고 싶어지고 정말로 그렇게 평안하게 매사에 임하고 싶다는 생각이 듭니다.

평안은 나 혼자만 누리는 것이 아닙니다. 내가 평안하면 내 주변도 평안해집니다. 평안이 낳는 여유와 배려와 긍휼과 이해는 이처럼 나로부터 잔잔히, 그러나 힘 있게 퍼져 나갑니다.

그러므로 인생 운전을 평안의 핸들로 하게 되길.

나와 차

올바른 운전 문화 정착을 위해 공익광고협의회에서 제작한 공익광고 한 편이 눈길을 끕니다. 평소에는 좋은 사람으로 보이는 한 사람이 등장하는데, 운전대를 잡더니 돌변합니다.

광고는 묻습니다.
"당신은 좋은 사람입니까?"

그리고 차에 누가 동승했느냐에 따라 장면을 달리하며 더자세히 묻습니다.

"좋은 아빠입니까?"
"다정한 친구입니까?"

"친절한 선배입니까?"

그렇다면 운전대만 잡으면 왜 돌변할까요?
그 피해가 막대하기 때문에 연구도 했습니다.

• 운전은 사고의 위험을 방지하기 위해 예민하게 행해야
  하기 때문이다.

• 나와 차를 동일시하면서 개인적으로 상황에 개입하기 때
  문이다.

• 단지 누구 때문이 아니라 나만의 공간에서 평소 억눌렸
  던 감정을 분출하기 때문이다.

의미 있는 관찰입니다.

그런데 각도를 조금만 달리해서 운전에 대해 숙고해 보면
어떨까요?

진심으로 진정으로 우리가 '나'와 '차'를 동일시한다면 어떨까요?

정말로 내가 차고, 차가 나라는 인식을 한다면요.

즉, 우리는 운전대를 잡고 있는 그 시간 가운데 자기의 인생과 인격을 생각해야 할 것입니다. 예민해질 때, 나만 있을 때는 비단 운전할 때만이 아니기 때문입니다.

오히려 나의 인생과 인격이 적나라하게 표출되는 것이 운전이지요.

운전 시에 보이는 죄악들이 삶 가운데 나타나지 않을 거라 보장할 수 있을까요?

숨겨졌던 위선과 폭력을 여실히 드러내 주는 곳이 차(車)인 것이지요. 즉, 차가 곧 나인 것입니다.

광고가 묻는 '좋은 사람'이란?

'일관된 사람'이겠지요.

대하는 사람이 누구든, 상황이 어떠하든 변함없는 사람.

선은 결코 악에서 나오지 않으니 우리는 늘 '선에서 선을 내기'를 추구해야 할 것입니다.

나 자신뿐만 아니라 가족과 이웃의 평안에 지대한 영향을 미치는 운전을 하면서 다음 말씀을 떠올리며 오히려 운전을 인생과 인격의 수준을 발전시키는 계기로 삼는다면 어떨까요?

> 선한 사람은 그 쌓은 선에서 선한 것을 내고 악한 사람은 그 쌓은 악에서 악한 것을 내느니라
>
> ● 마태복음 12장 35절

요컨대 운전을 통해 더 좋은 아빠, 더 다정한 친구, 더 친절한 선배가 된다면 어떨까요?

공익광고 한 편을 보며 나는 선한 사람으로 살고 있는가 돌아보게 됩니다.

급발진은 없다

급발진은 차량이 급작스럽게 나아가는 것을 의미하는데, 요새는 사람의 감정선이 이해하기 힘들 정도로 갑자기 변화할 때 이 말을 쓰기도 합니다.

누군가가 갑작스럽게 분노를 하면 '저 사람 도대체 갑자기 왜 저래?' 하는데, 분노라는 게 갑자기 표출되는 것은 아니라고 하지요.

오랫동안 억눌린 감정이 어느 순간에 터져 나오는 것이죠. 마치 분노의 질주처럼 난폭운전을 일삼는 사람의 경우 자신의 삶 가운데서 그간 억눌렸던 감정을 폭발시킬 기회로 운전을 택하고 있는 것입니다. 이러한 선택은 아주아주 나쁘고, 또 그야말로 위험천만한 일입니다.

급발진을 막으려면 평소 마음 관리를 잘해야 합니다.

나의 분노로 인해서 남을 해하지 않으려면 특히나 우리는

마음 관리를 매일매일 하루도 빠짐없이 해 나가야 합니다.

육체와 정신이 이어져 있음을 안다면 몸 건강을 위한 평소

컨디션 관리도 꾸준히 해야 할 것입니다. 이런 지속적인 몸

과 마음의 관리를 통해서 우리는 평온의 운전, 배려하는 운

전을 할 수 있을 것입니다.

청개구리 운전사

#1

억수로 비가 쏟아지고 있는 와중에
과속과 칼치기와 앞지르기를 합니다.

#2

저 앞에 차가 갑자기 막힘에도 불구하고
좀 더 가겠다고 급하게 차선을 바꿉니다.

#3

주차장은 곳곳에 차와 사람이 다니는데도
'나 몰라라' 하듯 마치 도로인 것처럼 빨리 달립니다.

'청개구리 운전사'의 모습입니다.

인간에게는
하지 말라고 하면
더 하고 싶어 하는
'청개구리 심리'가
있지 않습니까?

이 청개구리 심리가 무의식중에 혹은 악의로 발동되면
나와 가족과 이웃에게 피해가 갑니다.

동화 〈청개구리〉를 통해
몹시도 안타까운 그 결말을
익히 보지 않았습니까?

그러므로 '순리를 따르는 운전'을
하기를 바랍니다.

그것이야말로
나와 그를 사랑하는
배려의 삶이겠지요.

배려(配慮)

짝지을 배(配), 생각할 려(慮)

도와주거나 보살펴 주려고 마음을 씀

시험이 되는 자, 모범이 되는 자

조급증으로 인해 자신과 이웃의 목숨을 건 채로 도로를 극도로 심각하게 어지럽히는 한 운전자를 목격했습니다.

거의 직각으로 차량들 사이를 아슬아슬하게 헤집고 다니더니, 그것도 모자라 '직각 차선 변경'이 안 될 것 같으니까, 비상시에만 이용하도록 되어 있는 그 좁은 갓길까지 불법적으로 악용해서 애먼 차를 놀래며 차로를 위험천만하게 바꾸며 달립니다.

이 정도로 심하게 급한 운전자는 보기 드물기는 하지만, 우리는 별 이유도 없이 그저 조바심을 내느라 앞 차량의 뒤꽁무니에 바짝 붙어 더 빨리 가라면서 보채는 운전자들을 종종 만납니다.

뭐든지 빨리 해치워야 하는 작금의 세태를 보면 인간과 사회의 조급증은 앞으로 더욱더 심각해지리라 예상해 볼 수 있습니다. 우리가 이러한 조급증으로부터 돌아서야 하는 이유는 무엇일까요?

바로 조급증은 전염성이 강하기 때문입니다.

이 차로 저 차로를 휘저으며 다니는 차량이 한 대 나타나면 그 차 때문에 성이 난 다른 차가 과속과 차로 변경을 하기 시작합니다.
이 조급한 분위기에 또 다른 차가 가세합니다. 그리고 또 다른 차가……. 그렇게 도로 위 질서는 금세 혼탁해집니다. 사고가 날 확률도 당연히 커지겠지요.

이처럼 조급증은 나 한 사람에게만 국한된 것이 아닙니다.

그렇다면 조급함은 어디서 나올까요?

조급한 자는 대부분 안하무인(眼下無人)입니다.
나의 행위가 타인에게 미칠 영향 따위는 관심이 없습니다.
실로 지대한 영향을 미치는데도 말이지요.

그런데 조급한 자의 조급한 행위가 사람들에게 위태로운
까닭은, 그 조급한 행위 자체가 '시험'이 되기 때문입니다.

다른 사람들로 하여금 그 마음에 시험이 되게 하는 것입니
다. 조급한 자 옆에서 같이 조급해지는 그런 시험 말입니다.

그냥 빨리빨리 하자는 건데 뭐가 문제냐고 하는 사람이 있을
수도 있지만, 조급함은 이기심이나 욕심과 함께하기 때문에
참으로 유의하고 경계해야 합니다. 앞에서 말했듯 조급증은
전염성까지 강력한 무서운 '질병'이라고 볼 수 있지요.

세계에 유례가 없을 정도로 급속한 경제성장을 이룬 한국
은 이 조급증의 폐해를 아주 많이 겪고 있는 나라입니다.
특히 자녀 교육을 보면, 인생과 세상을 직간접으로 배우고
경험해 받아들임으로써 자신의 삶을 준비하고 도전하도록

하는 교육의 본질은 잊은 채, 조기교육으로 조급증의 극치를 보입니다. 앞으로 세상을 책임지고 이끌어 갈 어린이들에게조차 삶에서 방향이 아닌 속도를 중시하는 것입니다.

이것은 운전으로 치면, 한국의 운전자들이 가장 바로잡아야 할 일로, '깜빡이(방향 및 비상)를 켜지 않는 것'입니다.

물론, 단지 깜빡이를 켠다고 문제가 해결되지는 않습니다. 깜빡이를 켜자마자 차량 흐름에 관계없이 차로를 바꾼다면, 그 깜빡이는 켜나 마나입니다.

언제 어디로 발걸음을 내딛을지(방향 깜빡이), 언제 어디서 주의를 환기시킬지(비상 깜빡이)에 대해 나의 행위를 결정할 때, '우리는 언제나 이웃과 모든 것을 함께하면서 살아가는 존재'임을 자각하고 때와 장소에 알맞게 나의 행위를 선택해야 할 것입니다.

이러한 운전자야말로 '모범이 되는 자'라 할 수 있을 것입니다.

그러므로, 우선 나의 행위 가운데 가족과 이웃에게 시험이 되는 행위가 있는지 살펴보아야겠습니다. 그리고 시험이 되는 자가 아니라, 모범이 되는 자로 살아가야겠습니다.

거리 두기

이제 막 운전면허를 따고 처음으로 강변북로를 달려 본 그 때가 기억이 납니다.

감사하게도, 운전 경력이 오래된 형이 사이드미러도 잘 못 보고 차로도 잘 바꾸지 못하는 저에게 제대로 가르쳐 주었 습니다.

특히 기억나는 게 차량을 차선과 차선 사이의 중앙에 두는 방법입니다.

핸들이 차선과 차선 사이의 중간에 오게 하면 차량이 차선 과 차선 사이의 중앙에 거의 위치하더군요.

즉, 핸들을 잡고 앞을 보았을 때 본인이 중앙에 있으면 차도 거의 중앙에 있는 셈이지요.

운전을 오래 한 지금도 형이 그때 해 준 말을 생각하면서 종종 차량이 차선과 차선 사이의 중앙에 위치해 있는지 확인해서 그렇지 않으면 핸들을 차선과 차선 사이의 중간 지점을 향하게 합니다.

중앙을 맞추는 이러한 행위는 운전하는 서로가 '지금 옆 차로의 차량들과 적절한 거리를 두면서 이 차로로만 달리겠다.'는 암묵적인 소통이 됩니다.

제가 운전 중에 이러한 '거리 두기'를 중시하는 이유는, 운전 중 가장 피곤할 때가 '거리 두기'를 무시하는 차량을 만날 때이기 때문입니다.

주로 다음 두 가지 경우입니다.

#1

차선을 넘어올 듯 '칼치기'를 하면서 자기가 달리고 있는 차로를 절대 넘보지 말라고 위협하듯 스치듯 내달리는 차량을 만났을 때

#2

당최 어느 차선으로 달릴지 알 수 없게 하려는 양 이쪽 차선에 걸쳤다가 저쪽 차선에 걸쳤다가 하면서 헷갈리게 하는 차량을 만났을 때

아마도 이 두 가지 경우는 옆 차로를 달리고 있는 차가 얼씬도 못 하게 미리 '방어(?)' 운전을 하겠다면서(#1) 또는 내 차가 달릴 영역을 미리 확보(?)하겠다면서(#2) 습관으로 굳어져서 나오는 행위일 수 있는데, 실상은 공연히 남을 위협해 놀라게 하거나(#1, #2), 종잡을 수 없이 운전해 사고를 유발합니다(#1, #2).

인생 가운데서도 우리는 이렇게 뭐라 표현하기조차 어려운 '완악한 고집과 아집'으로 스스로 모나게 되고 그 모남으로

남도 괴롭습니다.

고집(固執)
자기의 의견을 바꾸거나 고치지 않고 굳게 버팀. 또는 그렇
게 버티는 성미

아집(我執)
자기중심의 좁은 생각에 집착하여 다른 사람의 의견이나 입
장을 고려하지 아니하고 자기만을 내세우는 것

완악(頑惡)**하다**
頑 완고할 완, 惡 악할 악
성질이 억세게 고집스럽고 사납다

거리를 둔다는 것은 '사랑의 배려'를 뜻합니다.
그래서 우리는 삶에서 거리를 두는 지혜를 배우고 발휘해
야 합니다.

그 거리는 공간의 거리일 수도 있고, 마음의 거리일 수도

있겠지요.

거리 두기란, 당신을 멀리하겠다는 게 아니라 당신이 거기
그렇게 있음을 내가 알고 있다고, 그래서 당신이 여유를 갖
도록 거리를 두겠다고 마음으로, 행위로 표현하는 것이겠
지요.

즉, 공격적이지도, 방어적이지도 않고 내 자리에 나 있음으
로 서로가 화평한 것이지요.

그렇게 함께 목적지에 평안하게 도착하도록요.

이것이 '거리 두기'로 이루어지는 아름다운 생의 모습일 것
입니다.

함께한 그곳에서 당신 마음의 핸들은 어디를 향하고 있나
요?

혼자일 때와 함께일 때

교통문화를 보면 선진국인지 아닌지 알 수 있다고 하죠. (선진국 여부는 경제보다는 문화에 의해 많이 좌우되는 것 같습니다.)

지나가는 사람이 없더라도 차량용 신호등이 빨간불이라면 일단 횡단보도 앞에서 멈췄다가 파란불이 되면 다시 출발하는 운전자가 대부분이라면 그 나라는 선진국이겠지요.

이렇게 누가 있든 없든 일관되게 운전하는 것은 준법정신뿐만 아니라 인생 수준을 보여 준다 하겠습니다.

저는 우리나라 운전자의 가장 나쁜 운전 습관이 깜빡이를 켜지 않고 차로를 바꾸거나(아주 잠시 잠깐 손가락을 움직이면 되는데 그걸 하지 않는 겁니다), 깜빡이를 켜자마자 급하게 차선을 바꾸는 것이라고 생각합니다.

앞에, 옆에 차량이 있어도 깜빡이를 제대로 켜지 않는데, 만약 주변 도로에 차량이 없다면 아예 깜빡이를 켜지 않겠지요.

저는 그래서 국내에는 강력한 수준의 일명 '깜빡이 준수법'이 도입돼야 한다 생각합니다. 진로 변경 행위 전 30미터(고속도로는 100미터) 이상의 지점에서 방향지시등을 작동하고 진행해야 하는데, 이를 어길 시 강력한 처벌을 한다면 한국의 운전 문화는 눈에 띄게 좋아질 것입니다. 언제 어느 때든 차량이 적든 많든 일관되게 깜빡이를 켜도록 강제하는 것이지요.

누가 있든 없든 일관되게 행동하는 것은 앞에서도 말했듯이 인생 수준, 곧 인격을 보여 줍니다.

그렇다면 누가 있든 없든 일관되게 행동하게 하는 근본 동력은 무엇입니까?

양심이겠지요. 양심(良心), 곧 선한 마음이란 나 혼자만 있을 때도 일관된 마음을 말할 것입니다.

즉, 인격이란 자기 감정이나 상황에 따라 들쭉날쭉하는 것이 아니라, 혼자건 함께건 늘 변치 않는 삶의 자세를 말하지요.

한번두번 난폭운전 평생고통 평생후회

운전하다가 마주친 안전운전 현수막입니다.

한번두번 난폭운전 평생고통 평생후회

맞습니다. 폭력은 한 번, 두 번 하다 보면 습관이 되고 쾌락의 수단이 될 수 있습니다.

남 위에 군림하고 내 아래로 제압하는 그 나쁜 행위를 잘 끊지 못하는 악순환.

도로에서는 난폭운전을 일삼는 운전자를 자주 목격합니다. 운전을 할라치면 이들의 횡포를 어김없이 마주치곤 하지요.

일상이라고 달라지지는 않습니다. 난폭하게 대하고 난폭하게 말하고……

난폭함은 가족과 이웃을 해칩니다. 나 자신도 예외가 될 수 없습니다. 남을 향한 난폭함은 그 자신에게도 향합니다.

흥분하고 격분한 마음이 나를 해칩니다. 난폭함은 남에게도, 나에게도 평생 고통을 안겨다 줄 수 있습니다. 그야말로 평생 후회할 일입니다.

그렇다면 작금에 사회적으로 더욱 심각해지고 있는 분노조절장애는 왜 자꾸만 우리 사이에서 더 많이 나타나는 걸까요?

분노조절장애
화가 나는 상황에서 그 정도를 스스로 조절하지 못하고 지나칠 정도로 표출하는 성격장애

분노조절장애는 오해와 화와 짜증과 조급증과 무시와 무관심과 불친절 등이 사람들 사이에 얽히고설켜 만들어진 '합작품'일 것입니다.

'사랑 공식'이라고 회자되는 말이 있습니다.

5 빼기 3은 2
오해한 것에 대해 타인의 입장에서 세 번만 더 생각하면 이해할 수 있게 되고,

2 더하기 2는 4
이해하고 또 이해하는 게 사랑

이라는 것입니다.

난폭운전, 보복 운전을 하려고 하는 마음에 이 사랑 공식을 대입해 본다면 어떨까요?

급하게 한다는 것

운전하다 보면 제 갈 길로 가려면 우측 길로 빠져야 하는데 거의 다 가서야 갑자기 차로를 바꾸는 사람이 있습니다. 어디로 갈지 몰랐다가 막판에 길을 알게 되었더라도 위험을 무릅쓰지 말고 다른 길을 찾는 게 자신과 이웃을 위한 당연한 선택이고, 알고도 위험을 초래하며 빠지는 차로로 내달렸다면 그처럼 급박하게 행동하는 것은 좋지 않은 습관입니다.

갑자기 차로를 바꾸려 하면 우선 자기가 급해지고 타인도 놀라며 서로가 위험에 빠질 수 있는 것처럼 인생도 급하게 해서 잘되는 건 없습니다.

그러므로 차분하게 차근차근 나아가야겠지요.

성격이 단번에 좋아질 리가 없고, 습관이 단박에 고쳐질 수가 없고, 말투가 대번에 달라질 수가 없고, 실력이 갑자기 향상될 리가 없고, 건강이 금세 나아질 수가 없고……

그러고 보면 인생에 일희일비(一喜一悲)할 일이란 애당초 없습니다.

즉, 오버(over)할 일도, 다운(down)될 일도 원래 없습니다.

조급하면 나에게, 남에게 해(害)가 갈 수 있습니다. 조급하면, 될 일이 안 됩니다. 조급하면, 기쁘지 않습니다. 그러므로 급하게 하는 것은 안 하느니만 못합니다.

> 부지런한 자의 경영은 풍부함에 이를 것이나 조급한 자는 궁핍함에 이를 따름이니라
>
> ● 잠언 21장 5절

조급함은 결코 부지런함도 열심도 아닙니다. 조급함은 평안함을 결코 낳지 못합니다. 우리는 매일의 평안으로 자라

는데, 조급하면 성장이 이루어지지 않는 것이지요.

힘의 원리

일반화할 수는 없겠지만 대체로 보고 경험하는 바입니다.

'값비싼 차일수록 난폭운전을 더 한다.'

잠깐만요. 유의할 점이 있습니다.
이것이 '값싼 차는 난폭운전을 하지 않는다'는 의미는 결코
아니라는 점입니다. 보통 가격의 차량도 마찬가지지요.

값비싼 차를 타는 누군가가 운전 중에 끼어드는 다른 차량
을 보며 말하더군요.

"이 차 수리비를 알고는 있나?"

'내 차 수리비가 네 차 값이다'라는 마음 자세와 행동 자세로 수시로 갑자기 끼어들거나 두세 개 차로를 단번에 급하게 바꾸곤 합니다.

그들의 속도와 방향을 방해했다가는 위협을 당할 수도 있습니다.

그들은 왜 그럴까요?
잠깐만요. "값비싼 차일수록 난폭운전을 더 한다"는 체험적 통계치를 가지고 미투 운동을 바라볼까요?

"지위가 높을수록, 영향력이 클수록 더 폭력을 일삼는다."

그렇습니다. 도로에서건 회사에서건 학교에서건 그들은 자기에게 힘이 있다 여깁니다. 그리하여 남들이 자기에게 굴종하리라 봅니다.

사람이 부와 명예를 얻었다면 그에는 반드시 다른 사람들의 관심과 협조와 희생이 따랐을 텐데 그런 사람들의 소중

함은 망각한 채로 겸손과 감사를 잃고 교만과 이기심으로 강퍅해진 것입니다.

스스로 자기를 높이는 데서 그치지 않고 타인들을 폭압하기까지 합니다.

도로에서, 직장에서, 학교에서, 이 사회에서, 이 나라에서 벌어지고 있는 너무나도 안타까운 현실입니다. 이 사회, 이 나라의 어두운 모습입니다. 교만에 너무나 쉽게 빠지고 마는 인간의 모습입니다.

우리는 허망하고 허탄한 것이 진정하고 영원한 것인 양 허무한 하루하루를 살아갑니다. 그렇게 '죽음 같은 삶'을 삽니다. 삶이라 할 수 없는 그 같은 어두운 상태에서 회복되는 것이 우리가 마음속에 꼭 품어야 할 소망입니다.

내 차와 네 차 사이

일본에 출장 간 적이 있는데, 도로 위 차량들이 이동하는 모습을 보고 적잖이, 아니 실은 엄청 놀랐던 그 기억이 도저히 잊히지를 않습니다. 차로를 바꾸는 차량이 거의 없었기 때문입니다.

서두르는 차량도, 갑자기 속도를 내는 차량도 거의 눈에 띄지가 않았습니다. (물론 일본에서도 난폭운전이 사회 문제가 되어 급차선 변경, 집요한 경적 등 난폭운전을 하다가 적발되면 사고를 내지 않았더라도 최대 징역 5년에 처벌하도록 법을 바꾸었습니다. 이처럼 법을 바꾸는 것이 가장 효과적이겠지요.)

우리는 어떤가요?

#1

다른 차가 끼어들까 봐, 아니면 그냥 습관처럼 앞차를 바짝
쫓습니다.

#2

앞차가 조금만 늦게 달려도 마치 그 차를 들이받을 듯이 앞
차 뒤꽁무니에 내 차를 갖다 붙이죠.

#3

달리는 도로에서 다른 차량이 속도를 내면 괜한 경쟁심에
속도를 더 내기도 합니다.

진정으로 열심을 내고 부지런을 부려야 하고, 서로 성장하
기 위한 경쟁을 해야 해서, 그리고 최선을 다하여 승부에
임해야 할 상황에서 도로 위에서처럼 행동한다면 정말 좋
을 텐데요. 참으로 쓸데없는 조급증과 쓸모없는 경쟁심이
지요.

내 차와 네 차 사이에 딱 최소한 서너 대의 차량이 들어갈 만

큼만 거리를 두면 어떨까요? (일반 도로에 차가 많은 상황에서요. 물론 도로 상황에 따라 적정 거리는 차이가 좀 나겠지요.)

나 자신의 마음에, 그 사람의 마음에 여유가 생길 것입니다.

물론 이렇게 하려면 옆 차로에서 쓸데없이 끼어들지 말아야 합니다. (요리조리 끼어들어 가면서 차로를 바꾸며 운전한다고 그렇게 빨리 가지도 못합니다.)

몇몇이 그렇게 한다고 되는 일이 아니라, '같이의 가치'가 발휘되어야 하는 것이죠.

일본의 도로 위 모습을 생각하면, 우리는 편안하고 안전하게 운전할 수 있는 기회를 스스로, 다 같이 날려 버리고 있는 것 같습니다.

일을 할 때도 부지런함과 조급함은 확연하게 다른 양상과 추이를 만들어 냅니다. '마음 중심'이 일들을 향해 바로 서 있느냐, 바로 서 있지 않느냐, 딱 그 차이겠지요.

조급하게 일하면 아무리 일을 빨리, 많이 해도 좋은 과정, 좋은 결과를 만들어 내지 못합니다.

오늘 나는, 우리는 부지런한 걸까요, 조급한 걸까요?

무슨 일이 날는지

희한한 일을 겪었습니다.

어느 건물 주차장에 차를 대는데 타이어가 닿는, 바닥에 있
는 그 턱이 아니라 다른 뭔가에 차가 '텅' 하고 부딪히는 거
예요.

분명 아무것도 안 대어 있는 곳에 차를 댄 건데요.

얼른 멈춰 다가가 살펴보니, 글쎄 턱 뒤에 쇠로 된 바리케
이드가 쳐 있는 게 아닌가요.

그 쇠바 때문에 타이어가 바닥에 있는 턱에까지 가 닿지 못
하는 황당한 상황입니다.

누가 그곳에 차를 대더라도 범퍼가 쇠바에 부딪히게 되어
있는 거예요.

살다 보면 이렇게 황당한 경험을 하게 되지요.

내가 예상하지도, 원하지도 않았던 일을 맞닥뜨리게 될 때

참으로 난감합니다.

그 뜬금없는 경우는 사람, 상황, 환경 등 다양하지요.

사람들이 그처럼 난감한 경우에 반응하는 태도를 보면 두

부류로 나뉩니다.

#1

'나에게 왜 이런 일이?'

#2

'그럴 수도 있지.'

세상일은 우리 뜻대로 되지도 않고, 우리는 앞날을 예측할

수 없습니다.

납득하기 힘들더라도 내게 주어진 그 상황을 묵묵히 받아

들여야 할 때가 많습니다.

운전을 하다 보면 갑자기 차가 끼어들기도 하고, 갑자기 비가 쏟아지기도 하고, 갑자기 도로가 막히기도 합니다.

내가 아무리 방어운전을 해도 사고를 피하지 못할 때도 있습니다.

우리 삶도 마찬가지 아닌가요?

갑자기 일이 내가 예상했던 것과 전혀 다르게 흘러가는 것을 우리는 많이 경험합니다.

그럴 때일수록 우리는 더욱더 겸손해져야겠습니다. 실은 이것이 내일 일을 모르는 우리의 일상적인 반응이어야겠습니다. 그때 비로소 우리에게는 트라우마 같은 것이 아닌 소망이 품어질 것입니다.

너는 내일 일을 자랑하지 말라 하루 동안에 무슨 일이 날는지 네가 알 수 없음이니라

● 잠언 27장 1절

인생 운전

운전을 해 보면 인생과 닮았다는 생각을 많이 하게 됩니다.

\# 인생을 경쟁으로 보는 사람은 다른 차보다 앞서가려고 합니다.

\# 이기적인 사람은 자기가 끼어들 때 다른 차들이 비켜 주기를 바랍니다.

\# 오해를 잘하는 사람은 남이 끼려고 하면 공격한다고 여깁니다.

\# 영역 욕심이 많은 사람은 이 차선 저 차선 걸칩니다.

해를 끼치면서도 태연자약한 사람은 공연히 '칼치기'를 합니다.

성미가 급하고 제 갈 길만 생각하는 사람은 이리저리 휘저으며 과속을 합니다.

빈과 부로 감정이 격해진 사람은 싸다고, 비싸다고 함부로 몹니다.

자기가 원하는 대로 되어야 한다고 생각하는 사람은 앞길이 막히는 것을 용납하기가 어렵습니다.

배려와 봉사를 모르는 사람은 트렁크가 열린 줄 모르는 저 차를 외면합니다.

사람과 세상을 보지 못하는 사람은 시야를 넓히지 못하고 도착 시간만 생각합니다.

인생이 사람들과 함께 살아가는 것이듯, 운전도 사람이 사람들과 함께하는 것입니다. 서로를 보고 함께 누리는 '인생 운전'을 한다면 어떨까요.

강원도 여행을 다녀왔는데 "앞차가 졸면 빵빵"이라는 플래 카드가 보입니다. 한국도로공사의 졸음운전 예방 캠페인이 네요.

서로가 서로를 도우면 안 좋은 일은 줄어들고 좋은 일은 늘 어납니다.

네 눈 속에 있는 들보는

운전을 하다 보면 저 자신의 이중성에 놀라게 됩니다.

#1

우측으로 빠져야 하는데 길이 엄청 막혀 있을 때 내가 지금 상황이 급하다는 이유로 차례대로 줄 서지 않고 중간에 끼는 경우가 있는데, 다른 사람이 그렇게 하면 운전을 함부로 한다고 비난할 때가 있습니다.

#2

내가 빨리 가려고 과속할 때는 이곳은 속도 단속을 하지 않는 곳이라 괜찮다고 생각하지만, 다른 사람이 과속하면 왜 저렇게 빨리 다녀서 다른 운전자들을 놀라게 하는가 생각할 때가 있습니다.

왜 이러는 걸까요?

심리학에 '행위자-관찰자 편향(actor-observer bias)'이라는 개념이 있습니다.

자신이 한 행동의 이유는 주로 외부 환경에서 찾고, 다른 사람이 한 행동의 이유는 그 사람(그의 내면)에게서 찾는다는 것이죠.

내가 횡단보도에서 빨간불에 건널 때는 차가 다니지 않아서 그렇게 한다고 하고, 남이 그러면 준법정신이 없다고 하는 식입니다.

이것은 자기합리화의 일종인데요. 사람은 스트레스를 덜받기 위해 이렇게 방어기제(자아가 위협받는 상황에서 무의식적으로 자신을 속이거나 상황을 다르게 해석해서 감정적 상처로부터 자신을 보호하는 심리 의식이나 행위를 가리키는 정신분석 용어)를 사용한다고 합니다.

그런데 이러한 자기합리화의 뿌리를 찾아가 보면 인간의 이기심이 도사리고 있습니다. 즉, '행위자-관찰자 편향'의 발로(發露)는 인간의 이기심이라고 할 수 있지요. 또한 이 기심에서 비롯된 시기심은 나를 옹호하려는 것을 넘어 타인을 비난하게 합니다. 나를 지키려고 환경 탓을 하고, 남을 욕하려고 그 사람 탓을 하는 식이죠. 이러한 현상은 인간관계에서 부지기수로 일어납니다.

예수님은 말씀합니다.

> (마태복음 7:3)어찌하여 형제의 눈 속에 있는 티는 보고 네 눈 속에 있는 들보는 깨닫지 못하느냐
> (마태복음 7:4)보라 네 눈 속에 들보가 있는데 어찌하여 형제에게 말하기를 나로 네 눈 속에 있는 티를 빼게 하라 하겠느냐
> (마태복음 7:5)외식(外飾: 겉치레)하는 자여 먼저 네 눈 속에서 들보를 빼어라 그 후에야 밝히 보고 형제의 눈 속에서 티를 빼리라

그러므로 우선, 나의 잘못, 나의 이중성부터 살필 일입니다.

불통과 소통 사이

'어라? 주일 아침 이 시간에 이 도로가 차가 막히는 걸 거의 못 본 것 같은데…….'

희한한 일입니다.

'분명 사고가 난 게 틀림없어. 그러지 않고서야…….'

수 킬로를 가서야 알았습니다.

'녹지 관리'라고 쓰여 있는 트럭 한 대가 1차로에 서 있는데, 한 20여 미터를 '고깔'을 세워 놓았더라고요.

도로 위 차량들이 딱 20여 미터만 1차로를 비켜 가면 되는 것일 뿐인데, 그 직전까지 가서 차로를 바꾸다 보니 수 킬로에 걸쳐 차가 막힌 거네요.

와, 근데 희한하게 그 20여 미터를 지나가니, 이내 언제 그랬느냐는 듯 차가 뻥뻥 뚫립니다.

사실 이번에는 나랏일로 막힌 거지만(이때는 짜증을 내기보다는 쉽지 않은 일을 하는 그분들의 노고에 감사해야겠죠.), 보통은 급하게 운전하다가 사고가 난 차량들 때문에 도로가 꽉 막히죠. 모두가 함께하는 도로에서 '나 하나쯤이야.'라는 생각은 통(通)하지가 않습니다.

그런데 이 희한한 현상을 보면서 당연한 현상이라는 생각이 문득 들었습니다.

그러니까 인생에 대입해 보니, '이게 희한한 일이 아니구나, 당연한 일이구나.' 생각하게 되는 겁니다.

차량이 아닌 사람 사이도 어딘가가 막히면 도통 소통이 잘

되지가 않잖아요.

특히 함께 일을 해 보면 소통이 잘되지 않는 팀은 일도 매끄럽게 진행되지가 않습니다. 과정과 결과 모두 만족스럽지 않을 때가 많죠.

그런데 정말 일을 하면 할수록 느끼는 게 '일은 소통이 99%'라는 겁니다. 다시 말해 '관계가 일을 해낸다.'는 것이지요.

이게 어디 일뿐입니까? 부부 사이에도 뭔가 막혀 있으면 가정이 잘 돌아가지가 않습니다.
그래서 우리는 일터에서건 가정에서건 어디가 막혀 있는가 유심히 살펴야 합니다. 그 막힌 데만 뚫어도 전체가 살 수 있으니까요.

마치 혈관 벽에 쌓인 노폐물을 제거하는 것과 같습니다. 혈류를 좋게 하는 것이죠. 그렇게 해서 몸 전체가 건강해지는 겁니다.

'모든 일은 소통이 99%'라고 생각하면 일을 대하는 자세부터가 달라집니다. 일보다 사람을 먼저 보게 되는 것이죠. 관계를 중시하게 되는 겁니다.

희한하게, 아니 당연하게 관계가 좋으면 일이 잘됩니다. 대부분 이걸 알기까지 많은 시간이 걸리지요.

과거야 어떠했든 지금부터 조금씩 조금씩 통(通)하면 되지요. 이것이 서로를 건강하게 하는 길이니까요.

> "모든 분쟁의 원인은 99%가 커뮤니케이션 부족에서
> 비롯된다."
> • 러셀 웹스터

> "의사소통을 잘하면 잘할수록 이익은 더욱 커진다."
> • 존 밀턴

안전불감증

안전불감증. 우리나라가 특히 심한 것 같습니다. 한반도에 북한과 함께 있기 때문일까요? 북한의 오랜 미사일 실험 발사에도 크게 동요되지 않다 보니 그런 것 아닌가 하는 생각도 듭니다.

혹은 이것은 어쩌면 국민성일 수도 있습니다. 안전불감증은 냄비 근성과도 떼려야 뗄 수 없는 관계일 것입니다. 무슨 일이 터지면 확 불타올랐다가 시일이 좀 지나면 언제 그랬냐는 듯 까맣게 잊는 것이지요. 국민의 이러한 습성은 정치인에게 쉽게 악용될 수 있습니다.

도로에서도 안전불감증은 커다란 대가를 요구합니다. 나자신, 내 가족, 내 동료뿐 아니라 그 밖의 다른 이웃들에게도 위험을 초래하기 때문에 도로와 안전불감증은 결코 함께 갈 수 없는 단어입니다.

운전을 오래 해도 사고가 잘 나지 않는 사람들이 있습니다. 모범운전자들이죠. 집에서 새는 바가지, 밖에서도 새는 삶의 원리처럼 평소의 안정된 마음가짐이나 생활 태도가 운전에도 영향을 미쳐서 그런 것이겠지요.

운전을 하다 보면 사고 다발 구역을 만나게 됩니다. 급하게 운전하지 말아야 하는 곳입니다. '하인리히의 법칙'이라는 것이 있습니다. 1931년 미국의 보험회사 직원 허버트 하인리히가 산업재해 요인을 분석하여 내놓은 법칙인데요. 1명의 사망자가 나온 사고는 그 이전에 동일한 이유로 부상자 29명이 나왔고, 잠재적 피해자들이 300명에 달했다고 해서 '1:29:300 법칙'이라고도 합니다.

사람의 인생도 마찬가지죠. 인생이 갑자기 안 좋아지는 경우는 거의 없습니다. 인생은 축적성이라서 그렇지요. 하인리히의 법칙을 우리 인생에서 긍정적으로 바꾸어 보면 다음과 같습니다.

1번의 성공을 위해 29번의 작은 성공이 있었고 300번
의 성공을 위한 시도가 있었다.

우리가 운전을 할 때도 이렇게 긍정적으로 해야겠습니다.

'나의 배려심 있는 운전으로 300번의 작은 안전이 확보
되었고 29번의 좀 큰 안전이 보장되었으며 아주 큰 1번
의 사고 위기를 넘겼다!'

이것이 현실이 될 수 있으니 모범운전자라면 자신의 안정
적이며 이타적인 삶에 대해 자부심을 가져도 되겠습니다.

2008년 글로벌 금융위기를 예언했던 나심 탈레브(Nassim
Taleb)는 2018년 출간한 저서 〈스킨 인 더 게임(Skin in the
Game)〉에서 선택과 책임의 관계를 제자리에 돌려놓고자
시종 확고하게 설명과 주장을 펼쳐 나갑니다.
'스킨 인 더 게임'은 '자신이 책임을 안고 직접 현실(문제)에

참여하라'는 뜻으로, 그는 '책임이라는 것은 리스크 관리의 기본이면서, 우리 사회 모든 측면에서 진지하게 다루어져야 하는 가치'임을 설파합니다. 사회 속 개인들이 각자의 위치에서 책임감을 가지고, 말이 아닌 행동으로 살아가야 함을 말하고 있습니다.

한국인, 우리는 안전불감증을 버려야 합니다. 책임감을 가지고 말 대신 행동을 해야 합니다. 오늘날 각계 분야에서 요구되는 일입니다.

차간 거리

대인관계에서 '거리 감각(distance sense)'이 중요함을 나이가 들수록 더욱더 느낍니다. 유유상종(類類相從)이라고, 덕이 있는 친구를 사귀면 나의 덕도 커 갈 수 있을 텐데, 이렇게 나에게 귀중한 친구일수록 적정 거리를 잘 지켜 가면서 관계를 잘 유지해야 할 것입니다.

예의는 그 어느 때든 빼놓을 수 없는 덕목입니다.
성격이 좋지 않고, 덕이 없으며, 불평을 하는 사람과는 거리를 둘 필요가 있겠지요.

가정에서 상처를 많이 받게 되는 이유는 이러한 거리 두기를 하기가 쉽지 않기 때문일 것입니다. 가족 간에 예의에 어긋나는 말과 행동을 하고, 서로 지켜야 할 선을 쉽게 넘을 때 어찌해야 할지 난감하기 이를 데가 없습니다. 그럼에도 우리는 가족 간에도 적정한 거리를 둘 수 있도록 현명하게 처신해야 할 것입니다.

운전에서도 차간 거리를 유지하는 것은 안전을 위해 가장 중요하다고 할 수 있습니다. 차간 거리만 적정하게 두어도 사고가 나지 않았을 경우가 대부분이기 때문이지요.

사고가 나지 않기 위해 필요한 적정 차간 거리는 다음과 같다고 합니다.

60km 주행 시 차간 거리 45m
100km 주행 시 차간 거리 100m

북미나 유럽에서 사용되는 차간 거리 유지법이 있는데요. 바로 2초 정도의 거리를 생각하는 것입니다. 이렇게 치면 60km/h 속도로 주행 중이라면 현실적인 차간 거리는 33m 정도가 된다고 합니다.

우리는 보통 차간 거리를 많이 두지 않으려 하죠. 차간 거리를 많이 두면 다른 차량이 끼어들까 봐 그런 것이죠.

우리가 차간 거리를 두는 문화를 만들려면 확 끼어드는 습관들이 없어져야겠지요. 재차 강조하지만, 여기에 도움이 되도록 깜빡이를 꼭 켜고 끼어들도록 강력한 처벌 수위의 일명 '깜빡이 법'을 만들면 좋겠습니다.

터널을 지나며

인생이 늘 화창할 수는 없습니다. 그늘질 때가 꼭 있지요. 그 같은 시기를 지나며 인생은 성숙해져 갑니다. 한마디로 인생길에서 터널은 우리가 성장을 위해 반드시 거쳐 가야 하는 곳입니다.

강원도로 가다 보면 터널이 무척 많습니다. 우리나라는 국토의 절반이 넘는 63%가 산림으로 되어 있는 세계 4위의 산림 국가라고 하지요. 그렇다 보니 여행 중에 산을 뚫어 놓은 터널을 만날 일이 많습니다. 터널을 많이 지나는 것은 쉽지가 않습니다. 어둡고 막힌 곳에서 밝고 뚫린 곳으로 오가는 것을 반복해야 하기 때문이지요. 터널이 있는 길들을 지나갈 때에는 정신을 빠짝 차려야 합니다.

우리나라에서는 터널 안에서 차선을 변경하는 것이 금지되어 있습니다. 이를 어길 시에는 범칙금 3만 원, 벌점 10점 또는 과태료 5만 원(승합차 6만 원)이 부과되지요. [단, 점선으로 된 터널에서는 차로 변경이 가능합니다. 터널 내 차로 변경이 허용된 것은, 화물차로 인한 추돌사고가 가장 큰 이유이며, 장거리 터널의 경우 한 차로로만 달리면 졸거나 주의력이 산만해질 수 있다는 이유도 있습니다. 하지만 이때 꼭 주의해야 할 것이 있습니다. 점선 차선의 터널 내 차로 변경만 가능한 것이지, 터널 내 앞지르기(추월)는 여전히 도로교통법 위반 행위라는 점입니다.]

터널은 어두워서 시야 확보가 어려울 뿐 아니라 사고가 나면 2차, 3차 사고로 이어져 피해가 매우 커질 수 있으므로 '터널 내 차로 변경 금지'는 두말할 필요 없이 무조건 지켜야 합니다.

이를 대부분 알고 있을 텐데도 터널에서 더 빨리 가 보겠다고 차로 변경을 하는 이들이 가끔 눈에 띕니다.

위기나 위험의 때에 차분해져야 잘 극복하고 성장할 수 있는 인생처럼 터널을 지날 때 더욱더 차분해질 필요가 있겠지요. 만약 지금 인생의 터널을 지나고 있다면 다음 말을 꼭 전해 주고 싶습니다.

사람은 누구나 곤경에 빠질 수 있지만,
좋은 사람은 언제든
금방 거기서 빠져나올 수 있단다.
그게 바로 세상의 법칙이야.

● 〈아버지라는 이름의 큰나무〉, 레오 버스카글리아 지음

'빵'을 아끼지 맙시다

축구 경기를 보면 선수들 간에 소통이 잘되는 팀이 경기를 원활하게 이끌어 갑니다. "여기", "이쪽" 하거나 손을 들어 보이거나 하지요.

저는 운전할 때 '빵'을 아끼지 않습니다. 필요해 보이는 경우에 클랙슨, 즉 경적을 아끼지 않고 사용하는 것입니다. 지나치게 소리를 크게 내지 않으면서 상황을 봐 가면서 상대방이 인지할 정도로 시의적절하게 경적을 울립니다.

예를 들면 직진하고 있는데 우회전 차량이 갑자기 끼어들 것 같거나 갑자기 끼고 있거나 혹은 크게 돌며 끼려고 하면 '빵' 해서 멈추거나 천천히 움직이도록, 또는 크게 돌지 않도록 신호를 보내 줍니다. 이런 소통이 2차 사고까지도 막을 수 있다고 생각합니다.

우회전보다 직진 · 좌회전 · 유턴 차량이 우선 진행하도록
되어 있는데 이걸 모르는 사람도 꽤 있는 것 같고, 급한 마
음에 알고도 무시하는 이들도 적지 않은 듯합니다. (알고도
그런다면 운행 질서를 흐트러뜨리며 사고를 유발하는 것이므로 무
책임한 운전자라고 할 수 있겠지요.)

우리나라 사람들을 보면 소통이 잘 안 된다고 느끼게 되는
데요. 이렇게 필요성이 있을 때는 '빵'을 안 하고, 잠시 지
체한 것뿐인데 늦게 간다며 '빵' 합니다. 또 어디로 갈지 깜
빡이를 켜서 소통을 해야 하는데 잘 하지 않습니다. 갑자기
차를 세우거나 갑자기 차로를 한두 개 바꾸거나 또는 갑자
기 멈출 때 비상 깜빡이를 잘 켜지 않습니다.
양보를 받았거나 미안해해야 할 상황에서도 비상 깜빡이를
잘 켜지 않습니다. 좌회전 신호를 받으려고 줄을 서 있는데
여기에 억지로 끼려고 해서 껴 주었거나 하면 비상 깜빡이
를 켜든지, 위험하게 끼어든 경우였다면 창 밖으로 손을 조
금 내밀어 고마움을 표시하면 좋을 텐데 오히려 자기를 끼

워 준 것이 당연하다는 듯 뻔뻔하게 행동하는 사람이 적지 않습니다. 이런 사람들 때문에 운전하기가 싫은 경우가 많지요.

불통 사회의 단면이 도로 위에서 드러나는 것이라 보아야 겠죠. 정말 필요할 때 경적을 울린다면 좋겠습니다. 소통이 잘돼야 함께 갈 수 있습니다.

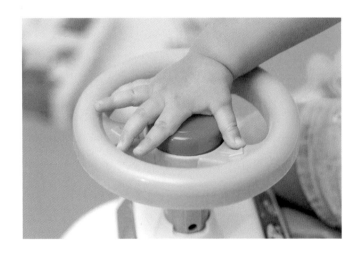

양보도 습관이다

좋은 마음으로 운전대를 잡으면 차가 갑자기 끼어들어도 양보를 해 주고 그러면서 오히려 마음이 좋아질 때가 있습니다. 그런 날이 있습니다. 만약 동승자가 있다면 그들도 이런 차를 타면 마음이 편합니다.

그렇게 한 번 양보를 하고 나면 다음 양보도 하기 좋습니다. 양보를 했는데 상대방이 고맙다는 표시를 비상 깜빡이로 하지 않아도 괜찮습니다. 양보한 나의 그 여유가 좋습니다. 정말 급한 사람이었거나 길을 잘 몰라서 그랬던 사람이라면 도움이 되었을 테니 내가 남에게 도움이 되어서 좋습니다.

심기가 불편한 날이면 이러기가 쉽지 않죠. 갑자기 끼어들면 짜증이 확 올라오면서 한마디 확 내뱉습니다. 운전이 불편하고 짜증 납니다.

사람이 인생을 살아갈 때 중요한 영향을 끼치는 습관(習慣)도 그렇죠. 게으른 사람은 계속 게으른 습관을 쌓아 가고 태만이 더욱더 심해집니다. 부지런한 사람은 갈수록 현재를 잘 활용하고 나날이 시간 활용도 더더욱 잘하지요.

양보라는 습관도 마찬가지일 것입니다. 양보란 곧 나의 마음을 보여 주는 일입니다. 양보(讓步)의 말뜻을 보면 걸음(步)을 사양(讓)하는 것으로, 영어로는 give way인데 길을 내어 준다는 의미이지요. 먼저 가도록 해 주는 것입니다. 틈만 나면 교만해지기 십상인 인간에게 가장 중요한 덕목인 겸손. 겸손한 삶을 대표하는 '양보'라는 좋은 습관이 생활화되기를 나 자신에게 바라 봅니다.

겸손하고 양보하는 마음은 인격을 완성하는 데 있어서
절대 필요한 양식이다. 이러한 인격 완성의 양식이 떨어
지면 사람들은 교만하고 악해진다.

● 존 러스킨

고속도로 & 국도

고속도로에서 일반 국도로 빠져나왔습니다. 그런데 몇 시간을 고속도로에서 고속으로 달렸더니 속도가 늦춰지지가 않네요. 시속 100km가 넘어도 빠른 것 같지가 않아요. 일반도로에 진입하고도 꽤 오랫동안 속도감이 고속도로 기준으로 맞춰져 있는 걸 보고 놀랍니다.

속도로 치자면 어느 시대 못지않다고 말할 수 있는 현시대에 살고 있는 우리의 모습이 이렇지 않을까 싶습니다. 아무것도 하지 않고 잠깐 휴식을 취하는 것이 왜 이리 어려운지요. 쉬기로 한 휴가와 여행에서는 오히려 더 바쁩니다.

속도라는 것이 타성에 젖으면 그리도 무뎌지는 것인가 봅니다.

'인생 속도'를 볼까요? 인생을 바쁘게 살면 더욱 충만한 삶을 살게 되는 걸까요? 방향이 잘못되면 모든 게 허사죠. 그런데 방향을 잘 잡았다가도 갈팡질팡하다가 결국 방향을 잃는 잘못을 우리는 자주 범하지 않나요?

나는 목적지를 바로 정하고, 바로 바라보고, 바로 나아가고 있는 걸까요? 조급증과 이기심으로 속도에 집착하고 있지는 않나요? 빨리 가면서도 빨리 가는 줄도 모르고 있는 것은 아닐까요?

인터넷과 스마트폰, SNS, TV, 식탐, 술자리, 쇼핑 등으로 무의미하게 시간을 낭비하면서 그 게으름과 불성실함을 만회하고자 나머지 시간에 벼락치기하듯 바쁘게 일상을 보낸다면 그것은 부지런함이 아닐 것입니다.

부지런한 자, 곧 성실한 자는 시간을 빨리 쓰는 자가 아니라 시간을 아껴 쓰는 자입니다. 시간의 소중함을 알고 매 시간을 알차게 보내는 자입니다.

이런 사람이 휴식도 잘합니다. 내려놓을 때는 내려놓을 줄 아는 지혜를 발휘하는 것이죠. 조급함에는 이기심, 욕심, 태만, 부주의, 불성실 등이 담겨 있을 수 있음을 깨달아야겠습니다.

평소 성격이 급한 사람이라면 매사에 한 박자 늦추는 연습을 해야겠습니다. 한 번 더 생각해 보는 시간을 자기 자신에게 주는 것이죠. 또는 아무것도 하지 않고 정기적으로 쉬는 시간을 챙겨 가지는 것이죠.

인생을 단거리 경주처럼 사는 사람은 에너지가 금방 소진되고 성과도 별로 내지 못합니다. 하지만 인생을 마라톤으로 여기고 사는 사람은 마라톤 종착점의 영광을 소망하며 한 걸음 한 걸음 묵묵하게, 힘 있게 발을 내딛습니다.

지금은 내 인생의 이정표, 내 인생의 속도감을 확인해 볼 시간입니다.

비싼 차 탈 자격

특히 남성이 자동차에 관심이 많죠. 세련된 디자인, 고급 브랜드 이미지의 값비싼 고급차에 관심을 가져 보지 않은 사람은 거의 없을 겁니다. 때로는 부러움의 시선으로 고급차를 바라보죠. 차가 제2의 집이다 보니 차에 대한 관심이 큰 거겠죠. 하지만 어찌 됐든 차는 이동 수단입니다. 튼튼하고 잘 나가면 이동 수단으로서 적격입니다. 그다음 취향의 대상으로 바라볼 수 있겠죠.

그런데 도로에서 만나는 고급차는 모두가 그런 것은 아니지만 특징이 있습니다.

빨리(급하게) 달린다.

제 갈 길 간다. (자기 차 앞에 다른 차가 끼는 걸 싫어한다. 다른 차량이 껴야 하는 상황인데도 껴 주지 않는다. 단, 자기가 끼고 싶으면 갑자기 치고 들어간다.)

멈추는 걸 싫어한다. (때로 횡단보도에 보행신호가 켜져 있어도 기다리는 걸 힘들어한다.)

불쑥 들어오고 빨리 지나간다. (골목길에서, 도로 진입 시, 주차장에서)

오랫동안 운전하면서 알게 된 비싼 차의 이런 특징 때문에 고급차를 타는 기준을 세웠습니다.

• 분수에 맞을 것
• 제대로 운전할 것(교만해지지 않을 것)

고급차는 차량 가격과 유지비가 비싸다 보니 자신의 형편이 그 차를 타기에 알맞아야 할 것입니다. 차 값이 1억 원인데 전 재산이 차 포함 3억 원(빚 없이)이라면 이 차량을 구매하는 것은 결코 현명한 선택이 아니겠죠. 물론 형편의 기준을 어디에 두는지는 개인차가 있을 것입니다. 차 값이 1억 원인데 전 재산이 차 포함 10억 원이라 해도 과한 것일 수 있습니다. 하지만 우리는 체감으로 제각기 기준을 세울 수 있습니다. 차가 내게 부담이 된다면 분수에 맞지 않는 것이겠죠. 이를 어기고 산다면 그것은 전형적인 과시성 소비입니다.

분수에 맞다 해도 고급차를 탔다고 목에 힘 들어가고 운전대에 힘 들어가고 차에서 내릴 때 힘 들어간다면 탈 자격 없는 겁니다. 고급차를 사기 전부터 오만했든, 고급차를 사고 나서 오만해졌든 둘 다 탈 자격 없는 겁니다. 애먼 사람 피해 주고 상처 주기 일쑤일 테니까요.

만약 고급차 보유 및 운행 자격 기준에 맞게 차량 구매를 했다면 우리의 도로는 꽤 안정적일 것입니다. 인간의 본성이 이기적이고 교만하기 때문에 설령 위에서 말한 두 가지 자격 요건이 충족되어서 고급차를 사려 한다 해도 여러 번 고민해 보아야 합니다.

'나에게 사치가 아닌가?'

'나는 과연 힘이 들어가지 않겠는가?'

사치가 아니고, 힘 들어가지 않을 자신 있으면 사도 되겠죠. 구매하고 나서도 계속 그 경제 수준, 그 마음 상태를 유지할 수 있어야 하고요.

자동차뿐이겠습니까? 집, 옷, 가전제품 등 나의 소유는 다위에서 말한 것과 동일한 자격 요건을 요구합니다.

- 분수에 맞을 것
- 제대로 사용할 것(교만해지지 않을 것)

영국의 소설가이자 극작가로서 〈피터 팬〉 등으로 큰 인기를 얻었던 제임스 M. 배리(James Matthew Barrie)는 40년 이상 극작가로 활동하며 많은 작품을 남겨 극작가로서 위치를 확고히 했습니다. 그런 그가 남긴 다음의 말은 정말로 우리의 인생에 대한 정확한 정의입니다.

"인생은 겸손에 대한 오랜 수업이다."

● 제임스 M. 배리

태어나서 죽기까지 우리가 끊임없이 배워야 할 것이 바로 겸손일 것입니다. 낮아지고 더 낮아져서 시간이 갈수록 더 깊이 있게 겸손을 배워 나가야 하겠지요. 이것이 인간의 과제요, 인생의 과업입니다. 그렇게 겸손하게, 더 겸손하게 사는 것이 우리에게 은혜고 축복입니다.

그럴 수 있지 / 난 할 수 있어

한적한 경기도 지역에 거주해서 더욱 그런 것 같은데, 서울에 미팅을 가면 동화 속 시골 쥐가 된 느낌을 받습니다. 차가 많아서 차로는 더 좁게 느껴지는데 불쑥불쑥 끼어드는 차량과 잡아먹을 듯 멀쩡한 차선에서 억지로 밀어내는 버스 앞에서 당황하게 됩니다. '길치고 주차는 좀 못해도 운전은 꽤 하고 순발력도 있는 편인데 왜 이렇게 치이나.' 하면서 억울함마저 느껴지더군요. 순간 분하기도 하고요.

왜 그렇게 사람을 놀래는지, 왜 그렇게 사람들이 여유가 없는지 갑갑했습니다.

운전하면서 이렇게 이렇다 할 잘못을 한 게 없는데 위협이 가해질 때 억울하고 분하죠. 그래서 운전하는 게 피곤합니다. 특히 한국, 특히 한국에서도 서울, 특히 서울 도심 한복판에서 운전하는 건 더더욱 피곤하죠. 아무도 못 끼게 차량 사이를 빡빡하게 유지하고, 누가 낄까 봐 미리 차선 쪽으로 차를 밀어붙입니다. 이처럼 서로가 서로를 더 여유 없게 합니다.

일을 할 때도 이런 경우가 있습니다. 상식적, 합리적으로 일을 진행하고 있는데 상대방은 상식과 합리 대신 자존심과 무책임, 게으름으로 대응할 때가 있습니다. 그럴 때면 물 없이 고구마만 잔뜩 먹은 양 속이 답답해집니다.

서울 도심에서 운전하면서 이런 생각이 들었습니다.

'그렇다면 언제까지 피곤해할 것인가? 세상을 살 때 언제든 겪을 이런저런 일들을 가지고 언제까지 피곤해할 텐가?'

그러고 보니 일이 닥쳐도 억울해하지 않았거나, 일이 닥쳐서 억울했지만 금세 평정심을 되찾았던 때가 생각났습니다. 두 가지 마음이 필요해 보입니다.

❶ '그럴 수 있다'

❷ '난 할 수 있다.'

❶은 상대방이 그럴 수 있다고 여유 있게 생각해 주는 것입니다.

❷는 평안을 되찾고 여유롭게 지금 하는 일을 할 수 있다는 것입니다.

마음의 여유라는 것은 마음의 중심이 바로 서 있어야 가질 수 있는 것이죠. '나 중심'의 마음으로는 되지가 않습니다.

살다 보면 불쑥불쑥 내게 끼어들고 나를 괴롭히는 일이 생기지만, 그때 마음의 여유를 갖는 길은 나 자신을 내려놓는 것입니다. 여기서 '나 자신을 내려놓는다'는 것은 부족하고 연약한 나 자신을 바라보고 인정하며 스스로 겸손해지는 일입니다. 그때 세상이, 사람이 달리 보입니다. 결국 내 삶이 달라집니다. 인생에 대한 그 같은 섭리에 감사하게 됩니다.

'그럴 수 있지', '난 할 수 있어'라고 마음의 여유를 가지고
사람들과 여유롭게 교통하는 우리가 되기를 소망합니다.

논스톱 증후군

주차장 차량 운행 권장 속도는 시속 20km 이하죠. 아파트 주차장의 경우 10km라고 써 붙이기도 합니다. 실제로 운전을 해 보면 10km는 상당히 느린 거라서 20km가 현실적이긴 합니다. 그 속도면 주차장 내 사고는 거의 막을 수 있다고 보면 됩니다.

(아파트 단지 내 제한 속도 역시 시속 20km 이하입니다. 주민이 인지하도록 단지 내에 이 표시를 해 두기도 하지요. 단지 안에서도 시속 20km로 달리면 웬만한 사고는 다 예방할 수 있을 텐데, 뭐가 그리 급한지 도로처럼 달리는 이들이 있습니다. 만약 정말 급해서 그런 거라면 스스로 시간 관리를 잘해야 할 것입니다. 물론 언제든 마음 관리가 먼저겠지요.)

자신이 주차장에서 몇 킬로로 다니는지 확인해 본 적이 있나요?

상당히 많은 사람들이, 아니 사실 대부분의 사람들이 권장 속도보다 훨씬 빠른 속도로 다닙니다.
아마 대부분 몇 킬로로 달리고 있는지 확인조차 잘 하지 않을 것입니다.

권장 속도대로 주행하면 뒤에서 무슨 일이 일어나는지 한 번 살펴보세요. 빨리 가려고 안달이 난 차가 뒤에 보일 겁니다. 못 참고 코스를 바꾸어 가며 짜증 난다는 듯 내달리기도 합니다. 이것이 현재 우리 주차장 운전 문화의 현주소입니다. 주차장은 천천히 다녀야 하는 곳인데 여기서 왜 속도를 내려고 하는지……. 물론 일부 사람들이 그런 것이지만 그들이 미치는 영향이 상당합니다.

주차장에서는 저속으로 주행해야 할 뿐만 아니라 여러 갈래 길들이 서로 만나니 다른 차가 불쑥 나타날 수 있고, 차를 세우고 내린 사람들이 이곳저곳에서 다니기 때문에 거의 멈추거나 아예 멈추었다가 사방을 확인하고 가야 합니다. 교차되는 지점이나, 차량이 곳곳에 주차되어 있어 시야가 좁은 곳이라면 더욱 그렇게 해야 합니다. 캐나다의 경우 이런 운전 습관이 운전자들 사이에 체화되어 있어 자기 멋대로 불쑥불쑥 들이밀거나 끼어드는 식으로 운전하는 차량이 발붙이기 힘들다고 하네요. 한국 사람이 캐나다에 가서 운전을 한다면 이러한 운전 문화에 필히 적응해야 할 겁니다.

사람들이 속도를 늦추거나, 멈추지를 못합니다.

저는 이것을 논스톱 증후군(Nonstop Disease)이라고 부릅니다.
자신이 무엇에 쫓기고 있는지 생각하려고도 하지 않는 것이 이 병의 가장 안타까운 특징입니다.

아마도 논스톱 증후군은 자기중심적인 이기적 인간에게 가장 잘 나타날 것입니다.
겸손한 자는 주변을 배려하죠.

'시간이 돈이야.', '빠른 게 좋은 거야.'라는 말을 입에 달고
산다면 이 병에 걸린 건 아닌지 돌아보아야 합니다.

논스톱 증후군은 오버 증후군과 함께 갑니다.

오버 증후군(Over Disease)은 감정도 행동도 과잉인 병을
지칭하기 위해 제가 만들어 낸 말입니다.
오해와 가식 따위를 유발하는 병이죠.

'저 사람이 날 따돌리려 해.'
'난 앞서가야 해.'

세상이 부추기는 유혹입니다.
이 유혹에 넘어가면 다칩니다.

멈추지 못하는 이 시대에 우리가
멈춤의 지혜를 갖게 되기를!

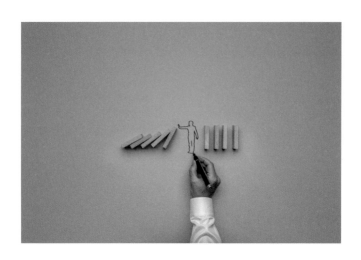

돌발 사고

자동차 사고 중에 아마도 가장 많은 사고를 유발하는 차량은 갑자기 끼어드는 차량일 겁니다. 다행히 사고까지는 나지 않았다 하더라도 사람들을 놀라게 하는 '돌발 행동'이죠.

그런데 우리가 대화를 할 때도 이렇게 불쑥 끼어들어 상대방을 놀라게 하는 발언을 하게 될 때가 있습니다. 나의 주장, 나의 입장, 나의 감정에 사로잡혀 있을 때가 그렇지요. 그럴 때는 거두절미하고 나의 의견이 확고부동하고 무조건 옳다는 듯이 내가 하고 싶은 말을 거침없이 쏟아냅니다.

대부분은 이런 말을 하고 나서는 후회하게 되어 있습니다. (그리고도 후회하지 않으면 문제가 심각한 겁니다.) 나 자신이 마음 정리가 되어 있지 않고, 이 사람 저 사람 입장을 생각지 않았기 때문이죠.

이건 자동차로 치면 가던 차로 말고 갑자기 조급해져서 깜빡이 켜지 않고 불쑥 다른 차로로 들어가는 것이나 마찬가지죠. 이런 사람들이 많아질수록 방어운전을 하느라고 신경을 더욱 바짝 써야 할 것입니다.

대화할 때도 우리는 내가 이리 간다, 저리 간다 깜빡이를 켜 주고 내가 정말로 그쪽으로 가는 게 잘 가는 것인지, 상대방이 나의 그 말을 들을 준비가 되어 있는지 확인한 후에 말을 해야 합니다. 대화 중에 일어나는 대부분의 사고는 그처럼 심사숙고(深思熟考)를 하지 않은 채 내뱉는 '돌발 발언' 때문일 것입니다.

특히 확언하듯 말하는 습관은 좋지 않습니다. 매사에 확실한 선택을 내리기란 쉽지 않고, 한 가지 사안에 대해 사람마다 생각과 입장이 다를 수 있기 때문이지요. 특히 고집 센 사람들이 확언을 잘합니다. 어느 사안에 대해 내가 말을 하려면 현명하게 생각을 하고 나서 말해야 하는데, 기분이

나 자존심을 앞세워 결국 대형 사고를 내고 맙니다.

> 너무 확신에 차서 자기 의견만 고집하지 마라. 어리석은
> 자는 무언가를 확신하고 있으며, 무엇을 지나치게 확신
> 하는 자는 모두 어리석다. 겉보기에 나의 판단이 확실히
> 옳더라도 양보하는 것이 더 나을 때가 있다.
>
> ● 쇼펜하우어

사람이 가장 쉽게 하는 게 말인데, 가장 어려운 게 또 말입
니다. 말만 잘해도 삶을 잘 살 텐데요. 현명함이 갖추어지
지 않고서는 말을 제대로 할 수 없다는 것을 꼭 그렇게 사
고를 치고 나서 절감합니다.

그리고 제일 중요한 것! 말하기보다 듣기가 먼저 이루어져
야 함을 절실히 느낍니다. 듣고 이해한 후에 말을 할 줄 아
는 사람이 되어야겠습니다.

그리고 말하면서 상대방에게 그 말이 괜찮게 들릴지 멈추
어 생각했다가 다시 말을 이어 갈 줄 알아야겠습니다.

P.S.

잘 듣고 잘 말하기 위해 좋은 컨디션을 항상 잘 갖추는 것이 우리에게 최우선 과제로 보입니다. 잡다한 생각을 그만 두고, 불필요한 일에서 손을 떼고, 잘 자고 잘 쉬고 난 후에 듣고 말한다면 우리는 훨씬 더 여유로워질 것입니다.

몸을 잘 관리하는 길이 마음을 잘 관리하는 길입니다. 이를 몸소 실행함으로써 매일매일 몸과 마음이 더 나아져야겠습니다.

아래에 사람의 말(소통, 관계)과 관련된 성경 말씀을 모아 보았습니다.

> 사람은 그 입의 대답으로 말미암아 기쁨을 얻나니 때에 맞은 말이 얼마나 아름다운고
>
> ● 잠언 15장 23절

> 의인의 마음은 대답할 말을 깊이 생각하여도 악인의 입은 악을 쏟느니라
>
> ● 잠언 15장 28절

네가 언어에 조급한 사람을 보느냐 그보다 미련한 자에게 오히려 바랄 것이 있느니라

● 잠언 29장 20절

노하기를 더디 하는 자는 크게 명철하여도 마음이 조급한 자는 어리석음을 나타내느니라

● 잠언 14장 29절

허물을 덮어 주는 자는 사랑을 구하는 자요 그것을 거듭 말하는 자는 친한 벗을 이간하는 자니라

● 잠언 17장 9절

말이 많으면 허물을 면키 어려우나 그 입술을 제어하는 자는 지혜가 있느니라

● 잠언 10장 19절

아무에게도 악으로 악을 갚지 말고 모든 사람 앞에서 선한 일을 도모하라

● 로마서 12장 17절

할 수 있거든 너희로서는 모든 사람으로 더불어 평화
하라

• 로마서 12장 18절

깜빡이 안 켜고 훅 들어올 때

남의 기분과 입장을 생각하지 않고 제멋대로 행동하는 사람을 일컬어 '깜빡이 안 켜고 훅 들어오는 사람'이라고 하지요. 깜빡할 게 따로 있지 깜빡이를 켜지 않고 차로를 바꾼다는 것은 이미 자기 맘대로 운전하는 게 습관이 된 거라고 봐도 지나친 말이 아닐 것입니다.

대부분 보면 깜빡이를 켜는 사람은 늘 켜고, 안 켜는 사람은 늘 안 켭니다. 몸에 밴 것이죠. 전자는 배려와 안전을 위한 손가락이 아주 가볍고, 후자는 방향지시등을 켜기도 힘들 정도로 손가락이 매우 무겁습니다.

운전을 하다 보면 이런 사람들을 자주 만납니다. 깜빡이를 켜지 않다 못해 굳이 내 차선에 바짝 붙이면서 위협을 하거나, 끼어들기를 할 때도 앞으로 더 진행하다가 끼어들기를 해도 되는데 군이 이른바 '칼치기'를 하면서 여러 사람을 놀라게 하는 이들이 적지 않습니다. 이것은 우리나라에서 운전하기 힘든 가장 큰 이유이기도 합니다. 외국인들에게는 '우리는 조급하고 무례한, 문화 수준이 떨어지는 민족이다.'라며 대놓고 광고하는 엄청 창피한 일이죠.

살면서 우리는 자기 컨디션이나 기분, 입장만을 생각하고 내세우며 대화를 하거나 일을 하는 사람들을 만나게 됩니다. 깜빡이 안 켜고 훅 들어오는 건데요. 운전할 때든 생활할 때든 이런 경우를 경험하게 되었다면 최대한 나 자신의 기분에 부정적인 영향을 받지 않는 것이 좋습니다.

물론 타인의 불쾌하고 불편한 행동에 영향을 받지 않으려면 처음에는 의도적으로 연습을 해야 합니다. 꽤 오래 연습해야 합니다. 저는 아직 의도적 연습 단계입니다. 타인에게 영향 받지 않는 게 습관화되면 좀 더 여유로워지고 너그러워진 자신을 발견하게 될 것입니다. 그렇게 된다면 사는 게 많이 편해질 겁니다.

물론 이건 쉽지 않습니다. 도로에서건 일상에서선 혹 치고 들어오면 일단 놀라며 경계하게 되거든요. 안전을 지향하는 인간에게는 자연스러운 반응이죠. 그런데 이때 긍휼의 마음을 발휘하면 한결 수월해집니다. 이해하는 마음, 안타까워하는 마음을 발휘하는 겁니다. '뭔가 급한 일이 있나 보다.', '안타깝다, 변화되면 좋겠다.' 하고 그들을 이해해 주고 축복해 주는 겁니다.

보복 운전이 크게 문제가 되고 있죠. 혹 치고 들어오니 나도 따라가서 한마디 해 주고 싶은 겁니다. 급기야 그대로, 아니 그보다 더 크게 복수를 하기도 합니다. 그렇게 하다가 큰 사고를 유발하기도 하죠. 이미 이성을 잃고서 하는 행동이라 큰 문제를 일으킬 수 있는 겁니다.

세상일도 마찬가지죠. 상처 준 사람한테 '나도 상처를 줘야지.' 하면서 소통과 관계에 보복이 들어갑니다. 앙갚음하고자 하는 감정을 쌓아 놓고 살다가 그것이 스스로에게 병이 되기도 합니다.

매일의 마음 준비가 우리에게는 그래서 필요하지 싶습니다. 운전대를 잡기 전에 '타인에게 영향 받지 않을 수 있는 여유'를 내 마음속에 장착하는 겁니다. 대화할 때도 마찬가지로 그렇게 하고요.

나는 타인에게 영향을 받지 않는 대신, 나는 그들에게 영향을 줄 수 있습니다. 나부터, 차로 변경을 하려면 방향지시등으로 미리 알립니다.

일반도로에서는 차로 변경 30m 전부터, 고속도로에서는 100m 전부터 깜빡이를 켜야 합니다.

그리고 다른 운전자가 놀라지 않도록 차간 거리를 두면서 적당한 때에 끼어드는 겁니다.

운전도, 대화도 이렇게 하면 평화롭게 진행되겠지요.
타인의 무례함에 상관없이 우리는 화평(和平)을 유지, 발전시킬 수 있고, 오히려 사람들 사이를 화목(和睦)하게 할 수 있습니다. 우리, 마음에 여유를 가져 봅시다.

조감도(鳥瞰圖, air view)

운전 초보일 때 들은 이야기입니다. 조금 멀리 보면서 운전하라고요. 그래야 어느 길로 가는지도 보이고 자동차의 흐름도 보이니까요. 조금 멀리 보면 앞에 차가 막히는지도 확인할 수 있고, 돌발 상황에서는 훨씬 더 빠르게 반응을 할수가 있지요.

숲은 보지 못하고 나무만 보는 사람들이 있습니다. 저도 여기에 가깝습니다. 그래서 저는 이러한 삶에서 탈피해야 한다는 생각을 합니다. 인생은 숲과 나무를 동시에 볼 수 있어야 하기 때문이지요. 내가 어느 숲에 있고, 내가 거니는 곳의 나무는 무엇이며 어떠한지를 볼 수 있어야겠지요.

오늘, 내일, 이번 주, 이번 달, 길어야 올해 정도까지만 생각하고 인생을 살아가는 사람은 인생 전체를 조망하지 못합니다. 그러나 1년, 3년, 5년, 10년, 15년 단위로 생각하고 계획하는 사람들은 인생의 큰 그림을 잘 그립니다. 이를 위해서는 인생 전체의 목적(目的)이 분명히 있어야겠지요.

미술도 스케치를 잘해야 그림이 잘 나오듯이 인생도 인생 전체의 큰 그림을 그릴 줄 알아야 매일, 매달, 매년의 세부적인 그림들도 잘 그릴 수 있을 것입니다.

그 같은 의미에서 우리는 독수리처럼 시야(視野)를 확보할 줄 알아야 한다고 생각합니다. 독수리는 공중에서 유유하게 날기도 하지만, 특히 수직 하강과 수직 비행을 기가 막히게 잘하죠. 하강과 비행은 독수리과에 속한 새들만 할 수 있는 것이라고 하는데요. 곧장 떨어지듯 땅으로 하강하고, 곧장 솟구치듯 하늘로 비행하는 재주를 독수리는 갖고 있습니다.

땅을 기어다니는 벌레와 하늘을 날아다니는 독수리 가운데 무엇이 될지, 우리는 매일 무엇을 바라보고 살지 선택을 합니다. 벌레의 인생, 독수리의 인생은 그야말로 천양지차(天壤之差)죠.

그러므로 우리는 인생을 살아가면서 멀리 보아야겠습니다. 인생과 세상과 사람에 대해 넓은 시야를 가져야 합니다.

5년 후, 10년 후 나의 모습을 구체적으로 그려 봅시다. 그것을 다이어리에 적어 봅시다. 다이어리의 경우 노트에 적을 수도 있지만, 컴퓨터로 파일화할 수도 있습니다. 편할 대로 하면 좋겠지요. 저는 일기장에 일기를 쓰되 매일 쓰지는 않고, 기억하고 싶은 날, 기록하고 싶은 날에만 씁니다. 삶을 보는 넓은 시야, 삶에 대한 구체적인 기록을 통해 내가 상상한 미래의 내 모습에 맞게 오늘을 살고 있는지 점검해 본다면 나의 인생에서 실제적인 변화가 일어나고 있음을 확인할 수 있을 것입니다.

기다림

저는 프리랜서로서 영업을 하는 사람이라 영업에 대한 경험과 지혜가 필요한데요. 〈어쩌다 영업인〉(김지율, 한월북스)이라는 도서가 영업인의 마음자세를 잘 짚어 주어 큰 도움이 되더군요. 이 책에 다음과 같은 말이 나옵니다.

차선을 변경하면서 켠 방향지시등이 자동으로 꺼질 때까지 놔두듯이 소통은 상대방이 받아들일 때까지 길게 표시해 주면 됩니다.

소통은 이처럼 하기 전에, 그리고 하고 나서 기다려 주는 배려가 필요하지요. 나의 감정, 나의 의사만 늘어놓고 상대방이 받아들였겠거니 생각하는 것은 일종의 교만이자 폭력입니다.

운전에도 소통에도 동일하게 기다려 주는 배려가 필요합니다.

> 모든 겸손과 온유로 하고 오래 참음으로 사랑 가운데서
> 서로 용납하고
> ● 에베소서 4장 2절

우선, 대화할 때 내가 반만 말하고 상대방의 말을 더 들어줍시다. 특히, 천천히 생각하고 입을 열어야겠습니다.

긍휼히 여기는 자는

긍휼히 여기는 자는 복이 있나니 저희가 긍휼히 여김을
받을 것임이요

● 마태복음 5장 7절

3차선 도로에서 끝쪽 차로(3차로)를 타고 가는데 바로 앞
에 유명한 맛집이 보입니다. 그런데 한 차가 갑자기 그 식
당으로 향하는 골목길로 들어서려는지 중간 차로(2차로)에
있다가 끝쪽 차로에 있는 제 차와 부딪힐 수도 있는데 순식
간에 도로를 가로질러 쏜살같이 내달리며 맹렬한 기세로
골목길로 돌진해 들어갑니다.

천천히 운전하고 있지 않았더라면 사고가 날 수도 있는 상
황이었습니다. 놀란 가슴에 '빵빵' 경고음을 날렸는데, 그

차량의 움직임을 보니 아랑곳하지 않는 눈치입니다.

순간 이런 생각이 들더군요.
'저 차, 왜 저럴까?'

그 차량의 운전자는 자기가 가려는 것만 생각하기 때문에 다른 차가 보이지 않는 사람일 수도 있고, 정말로 아예 운전 초보일 수도 있고, 아니면 운전도 능숙하고 다른 차도 다 보이지만 그냥 자기 마음대로 운전하는 사람일 수도 있습니다.

어찌 됐든 저는 이런 차를 보면 예의에 대해서 생각하게 됩니다. 그리고 저 역시 운전할 때 예의를 지켜야겠다 생각하게 됩니다.

'예의는 서로 지킬 때 예의'라는 말이 있습니다. 한쪽에서 아무리 예의를 지키려 해도, 다른 한쪽에서 계속해서 예의를 지키지 않으면 관계는 유지되기 힘듭니다. 운전으로 치면 저런 운전자들이 도로에 많아지면 정말로 운전대 잡고 어디 다니기 힘들 겁니다. 이쪽에서 놀라고, 저쪽에서 놀라고 할 테니까요. 서울 도심 한복판에서 운전할 때면 이런 느낌을 자주(매일) 받습니다.

우리는 예의 없는 차량을 맞닥뜨리면 일단 놀란 가슴 부여 잡으며 흥분을 가라앉히게 되는데요. 그렇다면 과연 우리가 살면서 만나게 되는 예의 없는 사람들에 대해서 우리는 무엇을 해야 할까요? 예의가 없다면 인성이 덜 되었다는 것일 텐데, 그렇다면 우리는 예의 없고 인성 덜 된 사람들에게 계속해서 예의를 지켜야 할까요?

최근 수년간 대인관계 카테고리의 도서 중에서 인기리에 판매되는 책들의 주제를 보면 '신경 *끄기*', '*거리 두기*'가 많습니다. 예의란 서로 지킬 때 성립되는 것인데, 한쪽에서만 일방적으로 예의를 지키려 하면 상대방의 무시나 적반하장으로 인해 받게 되는 스트레스가 심하기 때문에 이런 책들을 통해서 관계의 지혜를 얻으려는 것일 겁니다.

우리가 운전을 해 보아도 앞에서 언급한 경우처럼 말도 안

되게 운전을 하는 사람들에 대해서 일일이 스트레스를 받고 그 사람과 그 상황에 대해 험담을 하려다 보면 나의 하루와 나의 성격이 망가집니다. 그래서 더더욱 이런 상황을 겪을수록 나의 기분대로 하지 말고 관계의 지혜를 구해야 합니다.

누가 봐도 분명 예의를 지키지 않는 상대에게 무턱대고 내 편에서 계속 예의를 지키면서, 예의를 지킬 준비가 채 되어 있지 않은 그 사람에게 예의를 종용하는 것은 어찌 보면 아주 어리석은 일입니다. 그러나 가장 안타까운 것은 예의 없는 사람들 때문에 우리가 관계를 사리고 꺼리는 것입니다.

현재 제가 내린 결론은 '긍휼의 마음을 잃지 말자.'입니다. 사람들에 대한 긍휼의 마음을 잃는 순간, 삐뚤어지는 나의 마음을 많이도 목격했기 때문입니다.

예의 없는 사람들을 만나다 보면 관계에 대한 회의감이 들어서 사람 자체에 대한 혐오나 증오가 생길 수 있습니다.

그러나 우리가 자기 자신에 대해 솔직히 말한다면, 우리는 단 한 사람도 빠짐없이 누구나 다 부족합니다. 누구 하나 지혜롭지 못하고, 누구 하나 자비롭지 못합니다. 우리는 누구 하나 빠짐없이 전부 다 부족한 사람들입니다. 이기적이고 자기중심적입니다. 이를 인정하고 나 자신의 성숙을 도모하면서 관계를 맺어 나갈 때 상호 간에 치유와 성장이 일어날 것입니다.

날로 강퍅해지는 세상 속에서 우리가 걸어가야 할 길이겠지요. 나를 난처하게 하는 사람들을 대할 때 우리는 필히, 차분히 긍휼의 마음을 발휘해야겠습니다.

저 역시 마음보다 말이 앞서 그 사람이나 그 상황에 대해서 제 자신이 납득이 안 되면 불평과 불만, 비판과 비난의 말부터 쏟아 내는데, 이것은 모두 저 자신의 마음 정비가 안 된 때문일 것입니다.

'닦고 조이고 기름치자.'

군대에서 자주포 조종과 정비를 담당했던 제가 거의 매일 마주했던 문구인데, 우리 마음에 해 주어야 하는 일들 같습니다.

더러움을 닦고, 나태함을 조이고, 유연함을 위해 기름을 치는 작업을 우리는 매일 나의 마음에 해 주어야 할 것입니다. 언제나 긍휼의 마음을 잃지 않기 위한 마음 정비(整備)가 우리에게는 필요해 보입니다.

예의 없게 운전(관계)하는 사람들을 맞닥뜨렸을 때 그 사람이나 그 상황에 동요되지 않도록 평소 마음 정비를 해 둡시다. 그들이 무엇을 하든 그들에 대한 긍휼을 잃지 맙시다.

멈춰!

저는 20대 때 Stopit이라는 별명이 붙은 적이 있습니다. 가만히 있지를 않고 계속 뭔가를 해서 붙은 별명인데요. 저는 40대가 된 지금도 무언가를 하고 있지 않으면 불편한 마음이 듭니다. '내가 이러고 있어도 되나?' 하는 생각 때문이지요. 반면에 저는 피곤하거나 만사가 귀찮을 때는 또 한없이 늘어지기도 합니다. 물론 그때도 뭔가를 하려고 하지요.

가만 보면, 뭔가 할 때도 멈춤이 없고, 그저 쉴 때도 멈춤이 없습니다. 그래서 저의 경우 진정한 휴식을 취하는 일이 별로 없습니다.

도로 위에서 차량 운전자들이 가장 하기 힘들어하는 것이 무엇일까요? 제 생각에는 '브레이크를 밟는 것'입니다. 그래서 잘 달리고 있는데 갑자기 속도를 줄여야 하는 상황이 되면 조금이라도 브레이크를 덜 밟거나 늦게 밟고 싶어서 그사이를 못 참고 조금 더 갈 수 있는 곳으로 차로를 바꾸곤 합니다. 혹은 앞의 차량에 가까이 갔을 때 '마지못해' 브레이크를 밟기도 합니다. 안전과 배려를 위해 가장 잘 다루어야 할 브레이크를 가장 잘 사용하지 않는 것이죠. 나뿐만 아니라 다른 이들에게도 피해를 끼칠 수 있는 어리석은 행동입니다.

끊임없이 물질과 쾌락에 대해 욕망을 생산하고 재생산하도록 하여 돈과 일의 노예가 되게 하는 자본주의의 천박한 단면을 보아도 브레이크가 없음을 알 수 있습니다. 자본주의의 일면은 마치 무한한 욕망을 추구하는 브레이크 없는 폭주 기관차와도 같습니다. 그 과정과 결말 모두 다 비극이지만 욕망을 좇는 한 중도에 내릴 수 없습니다.

계속해서 무언가를 해야 한다, 해내야 한다, 만들어 내야 한다는 강박은 우리로 하여금 멈추지를 못하게 합니다. 잠시만 짬이 나도 스마트폰을 들여다보고, 책을 읽고, 회사 일이나 집안일을 합니다. 마치 그것을 하지 않으면 무슨 일이 일어날 것처럼 말이죠. 저 역시 이러한 강박에 의해 움직일 때가 있습니다. 우리가 이런 식으로 살면 휴식 같은 휴식을 도무지 취할 수가 없습니다. 오늘 잠을 자야 내일 살아갈 힘을 얻듯이 우리는 브레이크를 밟아야 액셀도 밟을 수 있는 인생의 운전자들입니다.

당신은 무엇 때문에 멈춤을 하지 못하나요? 멈추지 못하게 하는 그것이 우리로 하여금 노예의 인생을 살게 합니다. 멈추어도 아무 일도 일어나지 않습니다. 아니, 멈추어야 우리는 생명의 삶을 살 수 있습니다.

안 그래도 고속의 삶을 살고 있는 우리는 수시로 자신만의 휴게소에 머무를 줄 알아야 합니다. 우선 멈춤!

엄청나게 빠른 속도로 달리는 고속도로에서 중간중간 휴게소에서 쉬는 것은 서로의 안전을 위해 굉장히 중요합니다. 시속 $100km$ 이상으로 달리는 고속도로에서 운전자가 단 3초라도 졸면 차량을 100m 이상 아무런 통제 없이 주행하는 것과 같다고 합니다. 고속도로 졸음운전이 치명적인 위험을 유발하는 이유는 운전자가 돌발 상황에 대처할 여지가 없기 때문입니다. 졸음으로 인해서 핸들을 조정하거나 브레이크를 밟을 수 없기 때문이지요.

졸음이 쏟아지는 봄의 경우 고속도로에서는 더욱더 주의가 필요합니다. 최근 3년 동안 3월 교통사고 사망자 중 79%가 졸음·주시 태만 관련 사고였다고 합니다. 봄뿐 아니라 식후에 운전할 때 역시 매우 피곤하니 특히 조심해야겠지요.

운전 중에 피곤하다면, 내가 자칫하면 큰일을 낼 수 있겠구나 하고 '크게' 생각하여 '우선' 멈추고 쉴 줄 알아야겠습니다.

P.S.
'우선 멈춤'을 위하여 장기하가 노래합니다.
"가만~히 있으면 되는데 자꾸만 뭘 그렇게 할라 그래~."

너희는 세상의 빛이라

시골길을 달립니다. 와, 가로등 하나 없네요. 사방이 온통 어디 하나 아주 작은 한 줄기 빛조차 없이 그야말로 시꺼멓게 어두컴컴하고, 앞으로 운전을 해 나가야 하는데 도무지 앞길을 가늠하기가 어렵습니다. 식은땀이 절로 나고, 무서움이 엄습합니다.

하지만 더 나아가다 보니 내 앞에 차량 한 대가 보입니다. 그 차의 후미등을 보고 길 안내를 받습니다. 천군만마(千軍萬馬)를 얻은 기분이네요.

그런데 1차로 도로인데 중앙선조차 잘 보이지 않네요. 게다가 길은 꾸불꾸불하고요. 이때 반대편에서 차량들이 간헐적으로 옵니다. 중앙선이 잘 보이고 길 안내까지 절로 되네요.

아, 나 혼자 이 시골길을 달렸다면 어땠을까요?

이래서 사람은 서로에게 빛이 되는 존재인가 봅니다. 사방이 깜깜해도, 가는 길이 험난해도 우리는 서로에게 빛이기에 힘을 내어 살아갈 수 있습니다.

동요되지 않기

운전을 하다 보면 도로를 휘젓고 다니는 사람들이 꼭 있습니다. 그런 차를 만나면 놀라고 당황하다가 도대체 왜 저렇게 운전하는지 이해가 안 되어 화가 나는 지경에까지 이릅니다.

그리고 화가 나기 시작한 이후로도 한동안 그 막돼먹은 차량에 대해 분이 차올라서 기분이 좋지 않을 때가 있습니다. 이런 사람들 사이에서 운전을 하는 것이 싫어지기까지 합니다.

여러분도 그런 경우가 많지 않나요? 지금도 도로 위에는 무법자들이 존재하니까요. 마치 인터넷의 익명성처럼 차량이 사람을 가려 주고 있어서 그 사람의 본성이 무분별하고 난폭한 운전(인터넷의 악성 댓글처럼)으로 드러나는 것이겠지요.

저는 이런 차량에 기분이 휩쓸리지 않아야겠다 생각하며 오랫동안 운전을 해 오고 있는데, 쉽지가 않습니다.

인생에서도 마찬가지죠. 꼭 감정을 휘저으려는 사람들이 있습니다. 이런 사람들 중에는 본인이 그렇게 하고 있는 줄 모르는 사람이 많습니다.

이런 사람들에게 동요되지 않기가 쉽지 않습니다. 그럼에도 동요되지 말아야 하는 것이 우리의 과제입니다.

저 역시 여전히 이게 잘되지 않아서 타인에 의해 동요되지 않고, 나 자신의 모습만을 바라보며 사는 삶을 추구해 보려 합니다.

사실 과하게 생각할 것도 없고, 과하게 반응할 것도 없는데요. 중심이 잡히면 흔들림이 줄겠죠. 사랑과 감사와 긍휼이

중심을 잡아 줄 것입니다. 제게는 사랑과 감사와 긍휼이 필요합니다. 늘 그렇습니다.

인생과 속도

도로교통법 시행규칙이 개정되면서 2021년도부터 서울 시내 주요 도로의 제한 속도가 50km/h로 조정되었죠.

속도가 빠를수록 사고율이 높고 사고의 정도도 심하죠.

그런데 시내에서도 그렇고 고속도로에서도 그렇고, 그냥 과속을 하며 이리저리 차선을 바꿔 가며 미친 듯이 달리는 차량을 종종 맞닥뜨리게 됩니다. 내 차 옆을 그처럼 쏜살같이 지나갈 때는 워낙 빠른 그 차량의 속도 때문에 내 차가 흔들리는 느낌까지 받기도 합니다.

그런데 인생에서도 우리는 이런 일을 겪습니다. 교육만 보아도 그렇죠. 사람마다 시기가 다르고 속도가 다를 텐데 똑

같은 시간에 동일한 성과를 내라고 합니다. 인생 전체적으로도 그렇죠. 20대에 꽃을 피우는 사람이 있고, 아니면 30대, 40대, 50대, 60대 또는 그 이후에 꽃을 피우는 사람이 있습니다. 각각의 사람들이 인생을 살아가는 속도 또한 각자의 성향과 상황에 따라 저마다 다를 텐데 모든 사람들이 동일한 기준으로 줄 세워집니다.

운전을 하다 보면 나는 도로의 속도 규정이나 도로 여건에 맞게 달리는데 자기가 급하면서 나를 느리다고 치부하여 뒤에서 바짝 붙어 '차 몰이'를 하는 차량을 가끔 만납니다. 우리는 그 무례함과 난폭성에 동요되지 말아야 하지만, 그런 차량을 만나면 운전을 하는 데 신경이 쓰이지 않을 수가 없습니다. 룸미러로 보면 뒤에 빠짝 붙어 있는 게 보이니까요.

그러므로 부모가 자녀에게, 선생이 학생에게, 선배가 후배에게, 상사가 부하에게 무턱대고 속도를 강요해서는 안 될 것입니다. 기다림이 관계에 있어서도 최고의 미학이지요.

또 하나, 빨리 간다고 좋은 게 아닙니다. 빨리빨리 하다 보면 탈이 나게 되어 있으니까요. 도로에서 보면 알잖아요. 빨리 가려다가 부딪혀서 사고가 난다는 걸요. 그러니까 우리 좀 여유를 가집시다. 그래 봐야 5분 빨리 갑니다. 그리고 빨리 간다고 상 받는 것 아니고요. 성경은 조급함에 대해 여러 차례 강조하여 경계의 말씀을 해 주고 있습니다.

> 급한 마음으로 노를 발하지 말라 노는 우매자의 품에 머무름이니라
> ● 전도서 7장 9절

특히 우리는 자녀와 청년들에게 인생은 속도에 좌우되는 것이 아님을 알려 주어야 합니다. 그리고 그 같은 가르침은 실제로 나 자신의 삶이 속도에 치우치지 않을 때 젊은이들에게 좋은 영향을 미칠 것입니다. 조급증은 사람과 인생을 망칩니다.

꽃은 저마다 피는 계절이 다르다. 개나리는 개나리대로, 동백은 동백대로, 자기가 피어야 하는 계절이 따로 있

다. 꽃들도 저렇게 만개의 시기를 잘 알고 있는데, 왜 그대들은 하나같이 초봄에 피어나지 못해 안달인가? 그대, 좌절했는가? 친구들은 승승장구하고 있는데, 그대만 잉여의 나날을 보내고 있는가? 잊지 말라. 그대라는 꽃이 피는 계절은 따로 있다.

● 김난도, 〈아프니까 청춘이다〉 중에서

나 자신을 바꾸라

세상이, 타인이 변화하기를 바라는 때가 무척 많습니다. 운전할 때도 마찬가지죠. 나의 운전 불찰과 미숙보다는 타인의 그것을 비난할 때가 많습니다.

그런데 생각해 보면 각자가 자기 스스로 변화하고자 한다면 운전 문화는 저절로 좋아질 것입니다. 좋은 운전 문화는 '나의 좋은 운전'에서부터 완성이 되어 나가는 것일 테죠.

비판을 받지 아니하려거든 비판하지 말라
너희의 비판하는 그 비판으로 너희가 비판을 받을 것이요 너희의 헤아리는 그 헤아림으로 너희가 헤아림을 받을 것이니라

● 마태복음 7:1-2

감염과 전이

감염, 전이.
코로나 팬데믹으로 아주 무서운 단어가 되었죠.

우리가 감염되고 전이되지 않기 위해 사회적 거리 두기를 한 바 있습니다. 그런데 운전을 하면서 이런 감염과 전이를 흔히 봅니다. 멀쩡하게 잘 가다가도 어느 차량이 이리저리 휘젓고 다니면 그 차를 따라 갈팡질팡 난폭운전을 따라 하는 차가 생깁니다.

팬히 옆 차선에 또는 앞 차량에 바짝 차량을 붙여서 위협을 하여 놀라게 하는 차량을 만나면 그걸 따라 하게 되기도 합니다.

그럴 필요가 없는데도 자꾸만 차로를 바꾸는 차량이 나타날 때도 이에 전이가 되어 동일하게 불량 운전을 하는 이가 나타나기도 하지요.

한마디로 '사회적 거리 두기' 없이 제멋대로 운전을 하는 것인데요. 이렇게 제멋대로인 차가 한 대 두 대 늘어나면 도로의 운전 문화가 엉망이 되고 맙니다.

당신의 경우는 어떤가요?
제멋대로인 차량에 감염되고 전이되어 똑같이 제멋대로 운전을 하나요?

특히 거리 두기를 잘해야 하는 도로에서 이렇게 하면 사회적 위험을 높이는 결과가 초래됩니다. 나도 남도 다칠 수 있죠. 특히 '일부러' 남을 다치게 한다는 것이 심각한 문제입니다.
이런 사람은 일상생활에서도 타인의 배려 없음과 예의 없음을 따라 할 경향이 높지 않을까요?

사회적 거리 두기를 하면서 나쁜 사람에 물들지 않고 내 갈 길 잘 가는 사람, 난폭 차량에 흔들리지 않고 내 갈 길 잘 가는 차량이 필요한 세상입니다.

그처럼 불안 가운데로 뛰어들지 말고 평안 가운데서 차분히 살아가길.

빨리 가도 많이 못 가는 것이

다른 사람들보다 빨리 가고 싶다는 마음이 일 때가 있습니다. 하지만 빨리 간다 해도 그렇게 많이 못 가는 것이 인생입니다.

차로를 급히 바꾸고, 과속을 하면서 곡예 운전을 해도 5분 빨리 갑니다. 크고 작은 교통사고들이 대부분 단지 그 5분 빨리 가려는 데서 일어난다는 것을 생각하면 그 어이없는 생각과 행동이 정말로 어리석게 느껴지지요.

인생이 마라톤처럼 장거리 달리기이듯이 운전도 차분하게 내 갈 길 가는 게 필요하겠지요.
아무리 보아도 인생은 속도가 아닌 방향입니다.

방향을 추구하는 사람은 비교와 경쟁의 늪에 빠지지 않습니다.

빨리 가도 많이 못 갑니다.

우선 멈춤

2022년 도로교통법 개정에 따라 우회전 차량 일시 정지가 의무화되었죠.

우회전 신호등이 설치된 곳에서는 녹색 화살표 신호에서만 우회전을 해야 합니다.

우회전 신호등이 없는 곳에서는 차량 신호등이 적색일 때 보행자가 있든 없든 무조건 차량이 완전히 멈추는 '일시 정지'를 한 뒤에 보행하려는 사람이 없거나 보행자가 없는 것을 확인한 다음 서행해서 우회전해야 합니다.
사실 이런 운전 습관은 골목에서 도로 진입 시라든지 길이 여러 갈래인 골목이나 주차장에서 필수적으로 갖추어야 하는 것입니다.

멈추지 못한다는 것은 조급하다는 겁니다. 우리가 대화를 할 때도 말을 멈추어야 상대방의 말을 들을 수 있듯이 운전도 지혜로운 '우선 멈춤'이 필요합니다.

상대방을 무시하지 않고, 놀라게 하지 않고, 위험하게 하지 않는 습관을 가져야겠습니다.

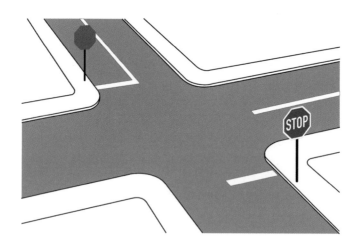

먼저 이해

운전을 하다 보면 오해를 하게 되는 경우가 종종 발생합니다. 주차장에서 주차를 하려고 비상깜빡이를 켜고 주차를 하려는데, 뒤차가 나의 주차 동선은 아랑곳하지 않고 자기도 차를 대려 합니다.

오해하기 쉬운 상황입니다. '일부러 저러는구나.' 하고 말이지요. '왜 저렇게 급할까.' 하고 말입니다.

그런데 정말로 급한 일이 있어서 또는 정신이 없어서 그럴 수 있지요.

오해로부터 시작을 하면 감정싸움이 되고 일이 커지기도 합니다. 가족까지 타고 있다면 더욱더 자제해야 하는데 말이죠.

그러니 우리, 오해부터 하지 말고 이해부터 해 봅시다. 저마다 사정이 있으니까요.

제발 술 먹고 운전대 잡지 맙시다!

애초에 이 책에는 음주 운전에 대해서는 쓰지 않기로 정했었습니다. 이 책은 운전 태도와 방식을 이야기하기 위해 썼는데, 음주 운전은 아예 운전의 범주에 넣을 수 없기 때문에 그랬지요.

그러나 이 책을 출간하고자 할 즈음에 생각이 바뀌었습니다. 음주 운전 사고로 인생이 송두리째 바뀐 〈지선아 사랑해〉의 저자 이지선 씨가 2023년 올해 모교인 이화여대 교수가 되었고, 그분의 기사를 찾아 읽어 보며 마음이 아프고 감동하고 여러 감정이 교차했습니다.

또한 올해 2023년 음주 운전으로 초등학생이 목숨을 잃는 안타까운 사고가 있었습니다. 그것도 어린이 보호구역에서 일어난 일이었죠. 저 역시 초등학생 자녀를 둔 부모로서 뭐라 말할 수 없을 만큼 가슴이 미어집니다.

우리나라에서는 그동안 수많은 사람들이 음주 운전으로 인해 이런 끔찍한 일을 겪어 왔습니다. 당연히 하지 말아야 할 음주 운전을 불법이 아닌 일탈로 여기는 이들. 그들에 의해 끔찍한 사고가 여전히 많이 일어나고 있습니다.

인간사 대부분의 사고가 술로 이성을 잃어 일어나는 것임을 생각하면, 수많은 차량이 다니는 도로에서 차량 운행을 술을 먹고 나서 과연 할 수 있을까 세차게 고개를 젓게 되지만, 현실에서는 쉽게 술에 취하는 이들이 또한 쉽게 운전대를 잡는 일들이 벌어집니다.

술이 무엇입니까?

프랑스 격언에 "악마가 사람을 찾아다니기 바쁠 때는 그의 대리로 술을 보낸다."고 합니다. 프랭클린은 "술은 근심과 고통을 씻어 주는 것이 아니라 오히려 그것을 전보다 더욱

강하게 만드는 역할을 한다."고 말합니다.

타인의 목숨을 담보로 음주 운전을 하는 것이 말이 되나
요?

음주 운전에 대해서는 정말로 강력한 처벌이 필요합니다.

음주 운전에 대한 경각심을 주려면 처벌이 매우 강력하면
서도 굉장히 촘촘해야 합니다. 빠져나갈 구멍이 없도록 처
벌 규정이 그물망처럼 되어 있어야 하는 것이지요.

일본의 사례가 참고할 만합니다. 1999년 일본에서는 음주
운전으로 두 자매가 숨지는 안타까운 일이 있었습니다. 하
지만 가해자에게 주어진 형량은 겨우 4년. 부모들은 분노
했고 법 개정 서명 운동을 벌였습니다. 2001년 일본 국회
는 음주 운전으로 사망사고를 낸 가해자에게 최고 30년까
지 유기징역을 내릴 수 있도록 법을 개정했고, 일본 법원은
음주 운전 처벌을 강화하여 가해자들에게 20년이 넘는 형
량을 선고하기 시작했습니다. 2007년에는 음주 운전 동승

자뿐 아니라 음주 운전자에게 술을 제공한 사람까지 처벌하는 조항이 신설됐습니다. 일본의 식당 중에는 아예 예방 차원에서 차를 가져온 사람에게는 술을 팔지 않고, 차를 가져왔는데 술을 먹지 않겠다고 하는 경우 음료를 무한 리필해 주는 곳이 있다고 합니다. 서로가 서로를 지켜 주기 위해 촘촘하고 치밀하게 안전을 목표로 한 도움을 주고받는 것이지요.

미국과 유럽에서는 음주 운전 범죄 전력이 있거나 안전 운전이 각별히 요구되는 통학 버스 운전자 등에게 음주 운전 시동 잠금장치 설치를 의무화하고 있습니다. 운전 문화가 여전히 미성숙한 우리나라는 음주 운전자 처벌 강화, 음주 운전 시동 잠금장치 등 사회적으로 최대한 음주 운전을 막을 대책이 긴요합니다.

이 밖에 카파라치, 즉 신고 포상금 제도를 도입하는 것도 굉장히 효과가 있을 것으로 생각됩니다.

음주가 습관이듯 음주 운전이 습관인 이들이 있을 것입니다. 기존에 음주 운전으로 처벌을 받았다면 다음부터는 그러지 않을 거라 예상이 되어야 하지만, 술이 들어가면서 판단력과 자제력을 잃으면 또다시 운전대를 잡게 되는 것 아니겠습니까. 이들은 음주 운전에 대한 인식 자체를 심각하게 잘못하고 있는 경우라고 봐야 할 것입니다.

한 잔 두 잔 기분에 먹는 술이 사람의 육체와 정신을 망치고 가족과 이웃까지 해칠 수 있습니다. 이것이 너무나 당연한 이야기, 실은 말할 필요도 없는 이야기임을 우리 모두가 자각하고 그 같은 건강한 사고방식대로 운전하고 생활하기를 간절히 바랍니다.

분홍색, 초록색 유도선

도로에 분홍색과 초록색 칠을 한 결과, 사고율이 절반으로 줄었다고 하지요.

노면 색깔 유도선입니다. 길을 따라가도록 진입 전부터 미리 안내를 해 주는 것이지요. 저 역시 이 유도선의 도움을 많이 받아 왔고, 또 그러면서 '노면에 색을 칠하다니!' 감탄하며 굉장히 잘한 일이라 여겨 왔습니다.

어느 분기점에서 일어난 대형 사고를 계기로 도로공사 직원이 아이디어를 낸 것이라는데요. 당시에는 도로에 색을 칠하는 것이 도로교통법 위반이라 전문가들도 반대했던 일이라고 합니다.

지금은 고속도로 900여 곳에 분홍색, 초록색 유도선이 그려져 있고, 해당 직원은 정부에서 '의인'으로 선정되었다고 합니다.

우리 운전 문화에는 이처럼 뛰어난 아이디어가 더 생겨나야 할 것입니다.

그런데 왜 사고율이 획기적으로 줄어들었을까요?

어디로 갈지 미리부터 정하여 갑자기 낀다든지 양보를 안한다든지 하는 일을 줄임으로써 사고가 절반으로 줄어든 것이겠지요.

사실 대부분의 도로에서 일어나는 사고는 이 두 가지 경우에 많이 일어납니다.

갑자기 낄 때
서로 양보 안 할 때

그렇다면 이 두 가지를 안 하는 운전자들 한 명 한 명이 모두 다 작은 의인(義人)입니다.

자신이 갈 바를 묵묵히 가고, 양보해야 할 일이 있을 때 묵묵히 양보한다면 도로는 분명 평온해질 것입니다. 이것이 대화나 관계에서도 마찬가지로 적용되는 이야기이고 보면 우리네 삶에는 이런 의인이 많이 필요해 보입니다.

잔인하게 굴지 않는 능력

무슨 글로 '인생과 운전'이라는 주제를 의미 있게 마무리할까 싶었는데, 월간 〈채널 예스〉(2020년 2월호)에 실린 정세랑 작가의 인터뷰에서 중요한 힌트를 얻었습니다.

인터뷰의 일부를 한번 들어보시죠.

엄지혜(인터뷰어): 작품 속 주인공들에게만 있는 독특한 특성 혹은 능력이 현실화된다면 우리는 어떤 능력을 선택해야 할까요?

정세랑 작가: 잔인해지지 않을 수 있는 능력? 그것이 필요하지 않을까요? 얼마 전 제가 안검하수 수술을 했거든

요. 한쪽 눈에 염증이 계속 생겨서 어쩔 수 없었어요. 홑꺼풀로 살고 싶었지만요. 수술을 하고 나니 안검하수 수술 때문에 놀림을 받았던 연예인, 정치인들이 생각났어요. 어디까지나 의료 수술인데 사람들이 왜 그렇게 잔인하게 굴었을까요? 각자의 사정은 자신만이 알 수 있잖아요. (중략) 타인의 사정을 잘 모를 때 넘겨짚지 말고 잔인하게 굴지 않는 능력이 우리에게 있었으면 좋겠어요.

'타인의 사정을 잘 모를 때 넘겨짚지 말고 잔인하게 굴지 않는 능력!'

'아, 정말 그렇다! 그게 필요하다!'

저는 정세랑 작가의 그 같은 말에 크게 동감이 되었습니다.

인생에서도, 운전에서도 사람끼리 나누며 누리고 살아야 할 우리 인간 존재 각자에게 너무나 필요한 능력, 그것은 바로 '잔인하게 굴지 않는 능력'이라는 데 대공감하게 된 것이지요.

차량 안에서 얼굴은 잘 보이지 않는 채로 운전대를 쥐고 달려가는 그 한 사람 한 사람에게 각자의 사정이 있습니다.

제각기 목적지가 있고, 누구는 동승자가 있기도 합니다. 서둘러서 가야 하는 사람도 있고, 여유 있게 가도 되는 사람이 있습니다. 고속 운전을 좋아하는 사람이 있고, 그렇지 않은 사람이 있습니다.

터널에 가면 답답해서 운전이 잘 안 되는 사람이 있고, 초행길이라 뒤차들을 당황하게 하는 우왕좌왕 운전자도 있지요. 누구나 그랬듯 초보의 시절을 지나는 이들도 있고요.

그런데 이렇게 사정은 저마다 다 달라도 우리에게는 공통적인 전제 조건이 있습니다. 서로가 다치지 않고 각자가 원하는 목적지에 안전하게 도달하는 것이죠. 그래서 운전 에티켓이 필요하고, 저는 그 운전 에티켓이 인생 에티켓과 다르지 않고, 나아가 운전이 인생에 주는 통찰이 적지 않음을 생각하게 된 것입니다. 그것이 '인생과 운전'이라는 주제로 글을 쓰게 된 계기였습니다.

제가 쓴 '인생과 운전'에 관한 글을 보면 다양한 운전(인생) 에티켓이 등장하는데, 결국 이 마지막 글에서 쓰고 있는 것처럼 운전대를 잡는 운전자 각각에게 탑승 전, 운전 중 필수적으로 갖추어야 할 전제 조건은 '이해와 배려'라는 생각입니다. 우리는 누군가를 공격하려고 운전을 하는 것이 아니니까요.

공격성이 있는 차량이 줄어든다면 방어운전을 하느라 신경을 곤두세울 필요도 적어질 것입니다. (물론 운전은 사람이 하는 것이라 방어운전은 운전습관 중에 가장 중요합니다. 도로 상황이 갑자기 변할 수도 있기 때문이지요.)

사실 자동차는 무척 편리한 교통수단입니다. 제2의 집이라고 여겨질 만큼 현대사회에서 큰 자리를 차지하는 일상적인 공간이기도 하지요.

자동차 안에서 인생에 대해 생각해 보는 사람, 음악을 들으며 휴식을 취하는 사람, 가족들과 웃으며 대화하는 사람, 일상에서 지친 몸과 마음을 달래려 계획한 캠핑이나 여행에 대한 설렘으로 모인 친구와 가족 등등 그 수많은 사람들이 저마다 각자의 자동차 안에 타 있습니다.

그러므로 우리는 그저 차를 차로 보지 말고 '저기도, 저기도, 저기도 사람이 가는구나. 우리 모두 각자의 길을 잘 가길 바란다.'라는 마음으로 운전을 해야겠습니다.

인생도 똑같죠. 가장 중요한 것은, 우리가 각자 가는 것 같지만, 늘 함께 가고 있다는 것입니다. 나 혼자서 할 수 있는 일, 나 혼자서 즐거울 수 있는 일이 세상에 어디 있나요? '세상은 늘 함께'입니다. 즉, '인생은 언제나 함께'입니다.

우리가 마음의 여유를 지금보다 딱 10%, 그러니까 10분의 1만 더 가진다고 생각하면 어떨까요. 그리고 운전하다가 놀라서 화가 났을 때는 딱 3초만 참는 거예요. '저 사람도 사정이 있겠지.'라고 생각하면서요.

앞에서 말한 일화인데, 자기를 놀라게 하고(승객이던 저도 엄청 놀랐는데요) 획 지나가는 차량에 대해 '바쁜 일이 있나 보

죠' 식으로 말씀하신 바로 그 택시 기사 분처럼 하는 것이
지요.

그때 택시 기사님이 그렇게 말씀하시니까 동승(동행)했던
저까지 마음이 여유로워지고 편안해지는 거 있죠. 이런 게
바로 '아름다운 동행(同行)'인가 봅니다.

그렇게 한 명 한 명의 이해와 배려가 다른 이들에게 퍼져
나가 전체적인 분위기로 형성되는 그 능력은 참 대단할 것
같지 않나요. 이 능력이 우리에게서 발휘된다면 많은 사람
들이 운전하는 도로에서 우리는 조급함 대신 편안함을 느
낄 수 있지 않겠습니까. 부담 대신 행복을 느낄 수 있지 않
을까요.

저는 그렇게 '인생 운전'을 하는 우리가 되기를 희망하고,
그렇게 될 수 있다 생각합니다. 멀리 갈 것 없이 나부터 하
면 되는 것이니까요.

그래도 우리나라의 운전 문화도 과거에 비하면 좀 좋아졌

습니다. 도로교통법도 강화되고 속도 단속도 좀 더 효율적으로 이루어지고 있습니다. 그럼에도 워낙 한국 사람들이 급해서 주차장같이 천천히 다녀야 하는 곳에서도 가속페달을 밟는 이들이 여전히 많습니다.

추월이 미덕(?)이고, 큰 차와 비싼 차가 먼저라고 생각하는 이들도 있습니다. 혹은 어차피 오래된 차니 막 운전해야지 하는 이들도 있습니다. 우리가 이들 탓만 하고 있다고 해서 변화가 일어나지는 않겠죠. 나부터 그러지 않으면 됩니다. 아무도 완벽할 수 없으니까요. 내가 더 조심하고, 내가 더 배려하는 것이죠.

'잔인하게 굴지 않는 능력'은 나로 인해 다른 이들이 상처받지 않도록 공감 능력을 키움으로써 형성될 것입니다. 잔인하게 굴지 않는 능력은 또한 일관되어야 할 것입니다. 나의 기분이나 컨디션, 상황에 따라 행동을 다르게 하지 않는 것이 중요하죠. 그래야 나는 추월해도 되고, 너는 추월하면 안 된다는 이중적인 잣대가 생기지 않겠지요.

운전대를 잡는 오늘, 이러한 이해와 배려의 손길이 온화하게 핸들을 움직이게 되기를 바랍니다.

그러고 보니 운전대에도 사랑이 들어갈 수 있는데 그런 걸 별로 생각하고 운전하지 않았습니다. 운전을 그저 어디로 차를 몰고 가는 기계적인 행위로 생각하지 말아야겠습니다.

나와 함께 타고 가는 동승자를 사랑하고, 도로에서 함께 운전하는 이들을 사랑할 때 운전대에 사랑이 배어 들어갈 것입니다. 그럼으로써 우리에게 운전(인생)이라는 것이 평안의 운전(인생)이 되기를 간절히 소망합니다.

> 남에게 대접을 받고자 하는 대로 너희도 남을 대접하라
> • 누가복음 6장 31절

인생을 운전하는
우리를 위하여

．
．
．
．
．
．

"모두의 운전 습관이 모여
안전한 도로를 만듭니다."

공익광고협의회의 교통안전 광고 카피입니다.

사회가 그렇습니다. 가족 구성원 모두가 어우러져 평온한
가정의 그 평화와 온기를 만들고, 좋은 학생과 선생이 좋은
학교를, 좋은 직원과 사장이 좋은 회사를, 좋은 시민이 좋
은 사회를 만듭니다.

우리가 속한 공동체의 분위기를 만드는 것은 그 개개인의
인격의 합입니다. 중요한 것은, 좋은 사람이 늘어날수록 시
너지가 난다는 것입니다. 단순한 합 그 이상이죠. 사회의
변화를 이끌어 내는 놀라운 힘입니다.

운전은 곧 인생입니다. 운전하는 모습에 살아가는 모습이 담겨 있습니다. 우리는 살아가는 대로 운전합니다.

바람직한 운전 문화가 자리 잡으려면 각자의 '인생 운전자' 모두가 함께 노력해 나가야 합니다. 우리는 결코 동떨어져 사는 존재가 아닙니다. 서로 함께 변화해야 합니다. 인생이 그렇게 성숙해지듯이 말이죠.

너와 나, 우리의 따뜻하고 둥근 인생 운전을 응원합니다.

우리 모두의 안전과 행복을 추구하는
'좋은 인생 운전자'의 인생 운전 습관 19가지

① 차로를 바꾸기 전에 꼭 미리 방향지시등을 켜고 도로 상황을 보며 진입하기[진로 변경 행위 전 30m(고속도로는 100m) 이상의 지점에서 방향지시등을 작동]

☞ 소통을 위한 노력을 게을리하지 않으며 상대방이 준비를 하게 해 주기

② 차로를 급하게 바꾸지 않기, 한꺼번에 두 차로 이상 바꾸지 않기

☞ 급할수록 차분하고 여유 있게 행동하기

③ 자기가 빠져야 하는 길인 줄 몰랐다면 급하게 끼지 말기

☞ 융통성, 유연성을 발휘하고 남을 배려하기

④ 우회전 시 일단 멈추기

　☞ 늘 먼저 사람부터 생각하는 습관

⑤ 골목길, 갈래길, 도로 진입로 등에서 우선 멈춤

　☞ 중요할 때 서로의 안전을 먼저 생각하기

⑥ 주차장, 아파트 단지 내에서는 시속 20km 이하로 다니기

　☞ 천천히 해야 할 때는 천천히 하기

⑦ 차가 갑자기 막힐 때 조금이라도 더 가겠다고 차로를 바꾸지 않기

　☞ 위험할 때는 더욱 안전을 생각하기

⑧ 칼치기 하지 않기

　☞ 남을 놀라게 하거나 위협하거나 괴롭히지 않기

⑨ 가급적 차로를 바꾸지 않기

　☞ 모두의 평화를 위해 일관성을 추구하기

⑩ 도로에서 사람을 내려 주거나 해야 해서 갑자기 멈출 때
는 그 전에 비상깜빡이를 켜기

☞ 상대방이 당황하지 않도록 미리 알려 주기

⑪ 차량 간 거리 두기(60km 주행 시 차간 거리 45m / 100km
주행 시 차간 거리 100m)

☞ 너와 나, 우리를 위한 적절한 사회적 거리 두기

⑫ 난폭운전, 보복운전은 무조건 하지 않기

☞ 나와 남을 해하는 폭력은 절대 안 됨

⑬ 음주운전은 절대로 절대로 하지 말 것

☞ 술로 망하는 삶은 절대 안 됨

⑭ 비싼 차든 싼 차든 큰 차든 작은 차든 차별하지 않기

☞ 누구든 존중해 주기

⑮ 앞차가 졸면 빵빵 해 주기

☞ 내가 나서서 사회적 위험을 막기

⑯ 터널 내 차로 변경 금지

   ☞ 서로 조심해야 할 때 서로를 생각하며 조심하기

⑰ 도로 진입로에서 차가 나오거나, 우회전하는 차량이 갑자기 혹은 크게 들어오거나 하는 등 필요한 경우 적절한 볼륨으로 빵 하는 습관 들이기

   ☞ 적극적인 소통이 필요할 때는 적절하게 하기

⑱ 피곤하면 쉬기(운행 시 30분마다 환기를 시키고, 고속도로에서는 2시간마다 휴게소나 졸음쉼터에서 휴식하기)

   ☞ 몸과 마음 관리를 잘하기

⑲ 사랑으로 운전하기

   ☞ 나와 너, 우리의 인생을 사랑하는 마음으로 살아가기

또또규리 출판사의 책들

※ 모두 전자책(파일 형식은 PDF)입니다.
   짧고 깊이 있는 책을 추구합니다.
   스마트폰으로 볼 수 있습니다.

※ 신앙서의 경우 집필 계기와 의도를 말씀드립니다.
   저는 대한예수교장로회에 속한 한 교회에
   출석 중인 너무나 부족한 성도이지만,
   문서전도를 통해 받은 은혜로 인해 기독교출판사에서
   가정예배지와 신앙서적을 편집하게 되었고,
   글 쓰는 게 저의 업이니 한 성도의 고민하고 반성하고 도전하는 일상을
   나누어 보자 하여 부족하나마 신앙서적을 집필하게 되었습니다.
   AIM(All Insight Media) 홈페이지(www.aiminlove.com)를 통해
   신앙의 메시지를 나누고 있습니다.

대중서

[시리즈] 편집자도 헷갈리는 우리말 1
가격 8,000원

편집자도 헷갈리는 우리말이 있습니다. 일반인들이 보기에도 실용적으로 괜찮은 것들을 선정했으니 우리말을 글로 쓸 때 참고하면 좋겠습니다. 실제로 원고를 고치면서 축적된 것들이라 쓰임새가 좋을 것입니다.

[시리즈] 삶을 이끄는 말들 1, 2, 3, 4

낱권 가격 7,000원

명언과 단상. 좋은 말로 좋은 삶을 살도록 돕는 책.

좋은 말이 좋은 삶을 이끕니다. 그래서 좋은 말을 보고 모으고 나누는 일을 좋아합니다.

좋은 말이란 무엇일까요? 삶에 기본이 되는 말들입니다. 생활에 뼈대가 되는 말들. 몸과 마음에 약이 되는 말들. 인생에 나침반이 되는 말들. 이런 말들을 우리가 자신의 말로 하는 데까지 이르려면 삶으로 그렇게 살아야 합니다.

어른의 생각

가격 7,000원

어른다운 생각. 어른이 마땅히 가져야 할 생각.

이런 생각을 해 보았습니다. 어른이라면 이렇게 생각해야 하지 않을까. 왜 '생각'일까요. 사람의 행동 이면에는 그 사람의 생각이 전제되어 있기 때문이죠. 행동이 변화하려면 사고의 변화가 먼저 있어야 합니다. 나도 남도 행동만 보고 판단하면 안 됩니다. 그 이면의 생각을 보아야 합니다.

어른의 사전적 정의는 이렇습니다. '다 자란 사람. 또는 다 자라서 자기 일에 책임을 질 수 있는 사람.' 사실 다 자랐다는 말에는 수긍하기 어렵습니다. 인간은 턱없이 부족해서 이생 끝날까지 자라고 또 자라야 하니까요. 단, '자기 일에 책임을 질 수 있는 사람'은 맞습니다. 이게 어른이죠. 매일, 매번 책임을 잘 질 수는 없겠지만 자신의 맡은 바 책임을 다하기 위해 최선을 다하는 삶이 어른의 삶일 것입니다. 이걸 위해 우리는 생각을 바꾸어야 합니다. '어른의 생각'으로. 일상 가운데서 어른답게 바뀌고 싶은 소망을 가지고 이것이 '어른의 생각'이 아닐까 생각해 본 것들을 모아 보았습니다. 작으나마 도움이 되길 바랍니다.

어른을 위한 인생 공부
가격 7,000원

인간에게 가장 어려운 단어는 무엇일까요. '어른'이 아닐까 싶습니다. 어른답게, 어른으로 살아간다는 건 결코 쉬운 일이 아닙니다. 어른은 자신의 몸과 마음을 책임질 줄 알아야 하며, 자신이 좋아하고 잘하는 일을 찾아야 하고, 가족과 이웃에게 도움이 되는 삶을 살 수 있어야 합니다. 정말 쉽지 않은 것들입니다. 이것의 총체가 '어른의 인생'이니 매일매일 그 무게를 감당해야 합니다.

인생이 아이러니한 것은, 우리가 살아간다는 것에 부담을 가지기보다는, 그저 겸손하고 감사하게 매 순간을 받아들일 때 삶도 일도 쉬워진다는 사실일 것입니다.

순간이 곧 인생이니 순간을 기쁘게 사는 것, 즉 카르페 디엠(carpe diem: 현재를 잡아라, 즉 '지금 살고 있는 현재 이 순간에 충실하라'는 의미)은 옳습니다.

이 책은 아직 어른이라는 말을 붙이기 부끄러운 저자가 하루하루를 살면서 느끼고 경험한 것들을 모은 것입니다. 우리가 어른이 되는 데 작은 도움이 되면 좋겠습니다.

글 쓰는 마음

가격 7,000원

글 쓰는 마음은 어떨까. 어떠하면 좋을까. 그에 관한 단상을 이 책에 담아 보았습니다. 오늘도 빈 종이, 빈 화면을 마주하고 있는 이들과 함께 나누고 싶습니다.

상식이 필요한 시간

가격 7,000원

최신 상식과 일반 상식. 그 상식에 대한 짧은 생각과 통찰.

편집을 하고 있습니다

가격 7,000원

편집하는 마음, 편집하는 자세, 편집하는 방식. 여전히 편집에 대해 편집 중인 어느 편집자의 생각 정리.

아이러니 3

가격 7,000원

〈아이러니〉세 번째 책. 쓰면 쓸수록 인간이란, 인간사란 참으로 아이러니함을 느끼게 됩니다. 최근에 〈탈무드〉책 편집에 참여한 터라 탈무드 이야기가 많습니다. 명언도 많이 다루었습니다. 탈무드에 답하고 명언에 답했습니다. 그 밖에 저의 생각들을 더했습니다.

아이러니 2
가격 7,000원

〈아이러니〉에 이은 두 번째 작품. 아이러니에 대한 글을 쓰자니 인간사 아이러니한 일이 참 많음을 더욱더 실감하게 됩니다. 그 숱한 모순 속에서 인생의 통찰, 일상의 통찰이 이루어지기를 바랍니다.

아이러니
가격 7,000원

인간사는 아이러니(irony)투성이입니다. 어찌 보면 인간이 아이러니하고, 인생이 아이러니합니다. 이런 모순, 이런 부조화는 안타까운 일이지만, 이 같은 아이러니를 일상에서 느끼고 깨닫게 되면 우리가 진짜로 해야 할 일이 무엇인지 발견하게 됩니다.

영혼의 삶
가격 7,000원

영혼에 답이 있습니다. 영적인 삶을 살아야 하는 까닭입니다. 영혼에 초점을 맞추어 산다면 우리는 건강하게 살 수 있습니다. 영혼에 초점을 두고 선택을 해 나간다면 우리는 잘 살아갈 수 있습니다. 건강한 인생을 위한 이 책의 이야기들을 읽으면서 내 영혼이 건강한가 살펴보면 좋겠습니다.

어린아이 됩시다

가격 5,900원

어른들이 아이의 빛을 품게 되기를 소망하는 마음으로 쓴
에세이. 아빠로서 두 딸과 호흡하며 느낀 것들을 모았습
니다. 어린이의 마음, 어린이의 언어, 어린이의 소통에서
어른은 참 많은 것을 배울 수 있음을 깨닫게 해 줍니다.

함께 빛나기 위해

가격 5,900원

잘 살고 싶고, 함께 잘 어울리고 싶어 하는 '우리'를 위한
에세이.

너의 손을 잡으며

가격 4,900원

온전한 인생, 완전한 사랑을 위한 지혜를 담은 에세이. 나
의 인생을 돌보며, 너의 손을 잡으며, 함께 걷고 뛰면서 살
아가는 데 도움이 되는 글들을 모았습니다.

신앙서

[시리즈] 사랑의 사람 – 하나님 자녀의 삶 1, 2, 3, 4, 5
낱권 가격 7,000원

하나님을 믿기 전에는 사랑이라는 말을 쓰기는 했지만, 사실 진정한 사랑을 알지 못했습니다. 그랬기에 두려웠습니다. 평안치 못했습니다. 하나님의 사랑 안에는 두려움이 없습니다. 우리가 하나님의 사랑 안에서 사람을 사랑하게 되고 사람을 살리게 됩니다. 선한 말로 사람의 기운을 나게 할 때면 참으로 하나님이 주시는 사랑의 마음이란 위대한 것이구나 생각하게 됩니다. 작지만 선한 말들이 쌓여 사람을 구하고 살립니다. '사랑의 사람'이 살아가는 '하나님 자녀의 삶'의 모습을 이번 시리즈를 통해 살펴보시기를 바랍니다. 그리하여 하나님 안에서 '사랑의 사람'으로 살아가는 우리 되길 축복드립니다.

[시리즈] 말씀이 삶이 되는 묵상의 시간 1, 2, 3, 4, 5, 6
낱권 가격 7,000원

매일, 매 순간 우리가 '묵상의 시간'을 살 수 있다면? '묵상의 시간'이란 이 시리즈의 제목처럼 '말씀을 따르는 삶'일 것입니다. 삶이 기도가 되는 삶. 삶이 전도가 되는 삶. 삶이 사랑이 되는 삶. 믿음에서 비롯된 삶. 사랑에서 비롯된 삶. 소망에서 비롯된 삶. 결국, 주님으로 인한 삶. 주님에 의한 삶. 주님의 삶. 말씀과 함께하는 삶. 말씀에 순종하는 삶. 그리하여, 말씀이 삶이 되는 삶. 〈말씀이 삶이 되는 묵상의 시간〉시리즈는 말씀이 내 삶 가운데 실제화되는 '묵상의 시간'을 위해 쓰였습니다. 수록된 성경 말씀들의 능력에 힘입어 나의 삶이 변화하고 내 가족과 이웃의 삶이 변화하는 축복이 함께하시기를 소망합니다.

[시리즈] 오직 예수로 산다는 것 1, 2
낱권 가격 7,000원

우리가 내 뜻이 아닌 주님의 뜻에 순종하여 내 삶의 주인 되신 주님께 내 삶을 맡겨 드릴 때, 그때 우리는 더 이상 나의 못나고 모난 판단으로 인생을 살아가지 않아도 됩니다. 우리는 이 변화의 순간에 감사하며 이 변화가 더욱 성장, 성숙되도록 주님을 꼭 붙잡고 살아가야 합니다. 이렇게 되면 인간은 부족하고 연약하기에 100% 일관되지는 못해도 주님이 주시는 마음의 평안으로 '방향성 있는 삶'을 살아가게 됩니다. 방향이 맞으면 방황하는 것은 아니므로 중간중간 부족한 나의 모습이 다시 드러나도 우리는 '오직 예수'만을 바라보고 바라며 오로지 앞으로만 나아가야 할 것입니다.

〈오직 예수로 산다는 것〉 시리즈를 통해 '오직 예수로 산다는 것'이 무엇인지 생각해 보고 깨달은 바를 삶에 적용함으로써 주님 주시는 그 감사하고 놀라운 변화를 통해 삶이 정비되고 정리되고 정진되기를 소망합니다.

[시리즈] 주님, 그분의 이야기 – 우리가 가야 할 길 1, 2, 3, 4
낱권 가격 7,000원

하나님의 창조 사역과 구원 사역 속에서 인간의 역사는 쓰여집니다. 우리가 회개했다는 것은 나 자신이 만물의 창조주이시며 주관자이신 하나님의 피조물이고, 죄인임을 깨닫고 절감하게 되었다는 의미입니다. 그리고 그 같은 나를 사랑해 주시는 하나님의 사랑을 느꼈다는 의미입니다. 자연 무릎이 꿇리는 경험입니다. 당연히 하나님 앞에서죠. 하나님의 역사 가운데 내가 하나의 존재로서 들어와 있다는 것은 정말로 놀라운 일입니다. 이 작은 나를 통해서 하나님의 사랑을 전하기를 원하신다는 것은 또한 너무나 감격스러운 일입니다. 매일매일 우리가 새로이 깨어 지내고 보내야 하는 까닭입니다. 〈주님, 그분의 이야기〉에는 시와 같은 짧은 고백부터 일상을 통찰하는 말씀 묵상까지 여러 글이 들어 있습니다. 모쪼록 이 시리즈를 통해서 하나님이 주관하시는 그 위대한 역사 가운데서 귀중한 하루를 살고 있다는 생각으로 복된 삶을 살아가시게 되기를 소망합니다.

[시리즈] 신앙이 생활 – 신앙 = 생활에 대하여 1, 2, 3, 4
낱권 가격 7,000원

신앙=생활. 신앙이 생활이 되는 삶. 신앙인 누구나의 꿈일 것입니다. 이 책은 그 꿈의 삶을 살고자 하는 갈망으로 썼습니다. 믿음이 행함이 되는 삶이 곧 '신앙이 생활'인 삶일 것입니다. 〈신앙이 생활〉 시리즈를 통해 하나님께서 기뻐하시고 하나님께 영광이 되는 삶을 살게 되시기를 소망합니다.

[시리즈] 지혜의 시간 – 매일의 지혜를 구하며 1, 2, 3, 4
낱권 가격 7,000원

인간은 부족하고 연약하여 하나님께 순종하고 하나님께 의지하지 않고는 단한 순간도 지혜로울 수가 없습니다. 이 책은 우리가 자기 관리, 인간관계에 있어 지혜롭기 위해 지녀야 할 것들을 말하고 있습니다. 에세이와 같은 글도 있고 시와 같이 짧은 글도 있습니다. 통찰하고 적용하는 데 도움이 되기를 바랍니다. 〈지혜의 시간〉 시리즈를 통해 매일 주님 안에서 지혜를 구하게 되시기를 소망합니다.

[시리즈] 사랑하는 자녀에게 – 자녀를 위한 부모의 메시지 1, 2
낱권 가격 8,000원

부모가 되어 자녀에게 해 주고 싶은 '인생에 대한 말들'을 글로 모아 보았습니다. 우리가 자녀에게 꼭 남겨 주어야 할 것은 신앙생활과 인생 지혜이므로 이 땅 삶 다하는 날까지 내가 경험하고 배운 것, 도전하며 알게 된 것, 살아 보며 느끼게 된 것들을 자녀에게 말로 하고 글로도 남기려 합니다. 이 책은 인생에 대한 자세, 반성과 개선, 자기 통제, 대인관계, 시간 관리, 좋은 인생, 잘 사는 인생 등을 부모의 톤으로 자녀들에게 말해 줍니다. 사랑하는 자녀들에게 도움이 되기를 바랍니다.

아름다운 꽃처럼 말한다면 – 사랑 넘치는 가정을 위해
가격 7,000원

아름다운 꽃처럼 말한다면? 우리의 입술에서 그처럼 향기를 품은 말이 나온다면? 넉넉히 사랑 넘치는 가정이 되지 않을까요. 이러한 풍요로운 가정에서 자라나고 생활하는 가족을 상상해 봅시다. 기쁨과 감사로 웃음과 여유가 얼굴빛과 마음속에서 끊이지 않는 사랑의 가족. 한마디로, 하나님의 사랑이 흐르는 가정. 이 책에 '가정은 연결을 배우는 곳'이라는 내용의 글이 있습니다. 우리는 하나님의 사랑을 연결하여 주는 사명을 띠고 각 가정 가정에 몸담고 있습니다. 이 책에 그같은 '사랑의 가정의 마음과 말, 행함'이 담긴 작은 이야기들이 있습니다. 이 책을 통해 하나님 뜻 안에서 가정을 사랑으로 아름답게 꾸며 가시기를 소망합니다.

가족 간에 서로 위로
가격 7,000원

우리는 가정 안에서, 하나님이 우리를 자녀 삼아 아낌없이 사랑해 주시는 것을 더욱더 생각해 보게 됩니다. 배우자를 대하고 자녀를 대할 때 하나님의 이 값없는 사랑을 생각한다면 우리는 충분히 변화할 수 있을 것입니다. 이와 같은 사랑이 넘치는 그리스도인 가정이 많이 생기고, 그들이 가정과 기업과 사회와 국가에서 하나님의 사랑 안에서 은사를 발휘하게 되기를 소망합니다. 이 책은 부부관계, 부모와 자녀 사이, 결혼 생활의 의미와 목적, 행복한 가정생활 등에 대해 쓴 짧은 글들을 모은 것입니다. 매일매일 가정 천국에서 사시기를 주님의 이름으로 축복합니다.

그리스도인 가정 안의 이야기
가격 7,000원

주님 안에 있는 가정에서 나올 수 있는 이야기들을 우리는 하고 있을까요. 매일 우리가 써 나갈 아름다운 이야기를 상상해 봅니다. 하나님이 맺어 주신 이 귀한 가정에서 매일 행복과 성장이 이루어지게 되니 참으로 감사하게 됩니다. 아내와 두 딸과 꿈과 같은 가정생활을 하면서 소소하게 쓴 시와 글들을 모아 보았습니다. 하나님의 축복이 여러분 가정에 늘 함께하기를 축복드립니다.

[시리즈] 성경의 단어 1, 2, 3
낱권 가격 7,000원

성경을 묵상하면서 우리는 말씀에 감동(感動)받게 됩니다. 감동, 즉 깊이 느껴 마음이 움직이게 되는 것이죠. 마음이 움직여야 삶이 변화하기 때문에 성경 말씀을 보고 그 말씀들을 따르는 것은 구원받은 자의 사명과도 같다고 말할 수 있겠습니다. 나의 삶에 말씀을 적용하면서 우리는 성화(聖化: 하나님의 은혜에 의하여 의(義)를 받은 사람이 성령을 받아 신성한 인격을 완성함)의 길을 걸어가게 됩니다. 내 삶을 회개하고 도전케 하는 하나님 말씀의 힘을 받으며 우리는 위로받고 격려받고 쓰임받습니다.

〈성경의 단어〉 시리즈는 이러한 하나님 능력의 말씀들을 묵상하면서 성경의 주요한 단어들을 선택하여 그 의미와 적용을 숙고해 보고자 한 책입니다. 성경 말씀에의 감동과 성경 말씀의 적용에 유익함이 있기를 소망합니다. 우리가 내 삶의 주인 되신 주님께 모든 것을 맡겨 드릴 때에 성경에 대한 온전한 감동과 적용이 가능한 줄을 믿습니다.

일한다는 것
가격 7,000원

한평생 사는 동안 일다운 일을 하고 이 땅에서의 삶을 마칠 수 있다면? 우리에게 '일한다는 것'은 과연 무엇일까? 일에 관한 마음, 일에 대한 자세를 살펴봅니다.

나의 일을 사랑하고 영원한 꿈을 꾼다면
가격 7,000원

나의 일을 사랑하고 영원한 꿈을 꾼다면 그때 우리의 일은 세상에 어떠한 영향을 미치게 될까요? 나와 가족과 이웃을 살리고 키우지 않을까요. 이 책은 그 같은 마음을 품기 위한 글들을 모아 보았습니다. 일이 삶이 되고, 꿈이 삶이 되는 그 순간 순간들을 우리가 매일 매 순간 누리고 나누게 되기를 소망합니다.

은사와 일
가격 7,000원

'일할 때 나의 마음'이 어떠한가요? 일이 잘되어 가지 않고 일로 인한 관계가 원만하지 않을 때 우리의 마음은 비뚤어져 있을 것입니다. 늘 주님이 주시는 마음으로 일해야 하는 까닭입니다. 일의 목적과 의미, 가치를 우리가 놓치면 일을 하는 것이 그저 돈 벌어 먹고사는 일에 불과하게 됩니다. 하나님은 은혜로써 우리에게 은사(恩賜)를 주셨습니다. 그것은 하나님의 선물(gift)입니다. 그것은 사회에서 재능(才能)이라는 이름으로 불리기도 합니다. 나의 삶, 우리의 삶의 유익을 위해 쓰이는 그 은사, 그 재능을 발휘하기 위해 우리가 품어야 할 마음은 무엇인지 이 책은 살펴보고 있습니다.

우리는 은사가 저마다 다 다릅니다. 같은 경우가 아예 없습니다. 선이 다르고 결이 다릅니다. 놀라운 것은 그 은사들이 한데 어우러져 그 어울림 가운데서 각자, 서로 성장하고 성숙해진다는 것이죠. 우리를 통해 일하시는 하나님의 이 놀라운 계획 가운데서 우리는 일하고 있습니다. 이 책을 통해 주님 안에서 일의 목적과 의미와 가치를 새기기를 바랍니다.

크리스천의 에세이
가격 7,000원

신앙 안에서 삶의 이치에 대해 확고한 사고방식을 가지고 그 군건한 사고방식을 기반으로 살아가는 자신의 삶에 대해 에세이를 쓴다면 좋겠지요. 저 역시 이러한 삶의 이치에 대한 깨달음을 간직하고 유지, 발전시키고 싶습니다. 그리고 그 같은 깨달음이 행함이 되도록 하면서 그 과정을 에세이로 기록하고 싶습니다. 이 책은 그러한 기록의 일부입니다. '크리스천의 에세이'입니다.

건강한 그리스도인
가격 7,000원

이 책 제목이 '건강한 그리스도인'입니다. 그렇다면 건강하지 않은 그리스도인도 있을까요? 엄밀히 말하면 그리스도인은 건강하지 않을 수가 없습니다. 그리스도인이란 예수 그리스도가 살고 내가 죽는 삶을 살기 때문이지요. 그것이 진정한 그리스도인일 것입니다. 이 책은 그리스도인의 영적인 건강, 신체적인 건강을 위해 쓴 것입니다. 즉 그리스도인의 온전한 건강을 이야기하고 있지요. 인간은 누구나 부족하고 연약하지만 우리가 예수님께 전적으로 모든 것을 맡겨 드리면 놀라운 기적이 일어납니다. 약한 자의 그 약함이 주님으로 인해 강함이 되는 순간입니다. 화평케 하시는 주님의 은혜로 평안하게 인생을 살아가게 됩니다. 이 같은 강건함과 평안함은 우리의 생각, 우리의 노력으로 되는 것이 아닙니다. 그 또한 질그릇 같은 우리를 들어 쓰시는 하나님의 섭리이자 은혜입니다. 이 책이 그리스도인의 건강한 삶을 위해 도움이 되기를 바랍니다.

부모의 유산
가격 7,000원

부모(父母)의 유산(遺産). 유산은 우리가 통상 이 땅에서의 삶을 마친 이후에 남기고 가는 것으로 그 뜻을 알고 있습니다. 우리가 이 생이 다하고 무언가를 남기고 가려면 미리미리 축적(蓄積)을 해야 합니다.

우리는 부모로서 자녀에게 무엇을 쌓기를 원할까요. 부모가 자녀에게 남겨 줄 최고의 유산은 신앙이지요. 하나님 믿는 그 믿음 하나면 태산도 옮길 수 있으니 자녀가 강하고 담대하게 모든 인생을 살 수 있도록 부모는 신앙인의 모범이 되어야겠습니다. 우리가 자녀에게 유산으로 남기길 원하는 지혜 역시 이 하나님 믿는 믿음 안에서 이루어지는 것입니다.

삶의 지혜는 인생의 여러 환경과 상황에서 발휘되어야 하는데 때로는 확고함, 때로는 유연성이나 융통성이 필요합니다. 이 책은 이와 같이 삶에서 요구되는 다양한 지혜를 다루고 있습니다. 부모가 지혜로운 삶을 살아야 자녀는 배웁니다. 어쩌면 이 책에 쓰인 자녀를 위한 지혜의 권면들은 모두 다 우리 부모들 각자의 삶에 우선적으로 매일매일 적용해야 하는 것들입니다. 부모의 삶 자체가 자녀에게 유산이 된다면 그보다 훌륭한 부모의 인생이 어디 있을까요. 우리 부모들은 꼭 그와 같은 소망을 가지고 살기를 바랍니다.

크리스천 부모의 자녀 사랑
가격 7,000원

크리스천 부모가 행해야 할 사랑은 무엇일까요. 이 책에는 부모가 자녀 사랑을 실천하고자 할 때에 우리가 특히 고민해 보아야 할 것들을 담았습니다. 행함이 있는 부모가 되기를 소망합니다.

크리스천 부모의 자녀 교육
가격 7,000원

하나님은 성경을 통해 우리에게 이미 자녀 교육을 위한 지혜를 주셨습니다. '크리스천 부모의 자녀 교육'을 위한 이 책의 글들은 모두 근본적으로 우리가 하나님께 순종할 때에 성취가 될 것입니다.

그리스도인의 오늘은
가격 7,000원

'그리스도인의 오늘'은 어떠해야 할까요? 저의 삶이 이러하기를 바라는 마음으로 쓴 글들입니다. 실제적으로 내 삶이 변화받지 못한다면 우리는 진정한 그리스도인이라 할 수 없을 것입니다.

전도가 되는 삶
가격 7,000원

인생은 문(門)들을 통과하는 과정과도 같습니다. 성장의 관문을 넘을 때 전도가 되는 삶을 살게 되지요. '문을 통과한다.' 그 본질은 무엇일까요? 크리스천은 '좁은 문을 지난다.'는 사실일 것입니다. 그 좁은 문은 무엇으로 지날까요? 믿음으로 지납니다. 주님 손 잡고 주님 의지해서 그 문을 지나간다면 우리는 반드시 주님 닮는 진정한 성장, 진정한 성취를 이루게 될 것입니다. 하나님이 기뻐하시는 삶, 하나님께 영광 돌리는 삶, 전도가 되는 삶, 복된 삶을 살게 될 것입니다.